Gustav Adolfs Page

NOVELLE

ANMERKUNGEN UND NACHWORT VON
SJAAK ONDERDELINDEN

PHILIPP RECLAM JUN. STUTTGART

Der Text folgt: Conrad Ferdinand Meyer: Werke. Dritter Band: Novellen. Leipzig: H. Haessel, 1924. – Orthographie und Interpunktion wurden behutsam modernisiert.

Universal-Bibliothek Nr. 6945
Alle Rechte vorbehalten
© 1977 Philipp Reclam jun. GmbH & Co., Stuttgart
Gesamtherstellung: Reclam, Ditzingen. Printed in Germany 1998
RECLAM und UNIVERSAL-BIBLIOTHEK sind eingetragene Marken
der Philipp Reclam jun. GmbH & Co., Stuttgart
ISBN 3-15-006945-9

I

In dem Kontor eines unweit St. Sebald gelegenen
nürembergischen Patrizierhauses saßen sich Vater und
Sohn an einem geräumigen Schreibtische gegenüber,
der Abwickelung eines bedeutenden Geschäftes mit
gespanntester Aufmerksamkeit obliegend. Beide, jeder
für sich auf seinem Stücke Papier, summierten sie dieselbe lange Reihe von Posten, um dann zu wünsch-
barer Sicherheit die beiden Ergebnisse zu vergleichen.
Der schmächtige Jüngling, der dem Vater aus den
Augen geschnitten war, erhob die spitze Nase zuerst
von seinen zierlich geschriebenen Zahlen. Seine Addi-
tion war beendigt, und er wartete auf den bedächti-
geren Vater, nicht ohne einen Anflug von Selbstgefäl-
ligkeit in dem schmalen sorgenhaften Gesichte – als
ein Diener eintrat und ein Schreiben in großem Format mit einem schweren Siegel überreichte. Ein Kornett von den schwedischen Karabinieren habe es gebracht. Er beschaue sich jetzt nebenan den Ratssaal
mit den weltberühmten Schildereien und werde pünkt-
lich in einer Stunde sich wieder einfinden. Der Han-
delsherr erkannte auf den ersten Blick die kühnen
Schriftzüge der Majestät des schwedischen Königs
Gustav Adolf und erschrak ein wenig über die große
Ehre des eigenhändigen Schreibens. Die Befürchtung
lag nahe, der König, den er in seinem neuerbauten
Hause, dem schönsten von Nüremberg, bewirtet und
gefeiert hatte, möchte bei seinem patriotischen Gast-
freunde ein Anleihen machen. Da er aber unermeßlich
begütert war und die Gewissenhaftigkeit der schwedischen Rentkammer zu schätzen wußte, erbrach er das
königliche Siegel ohne sonderliche Besorgnis und sogar mit dem Anfange eines prahlerischen Lächelns.
Kaum aber hatte er die wenigen Zeilen des in könig-
licher Kürze verfaßten Schreibens überflogen, wurde
er bleich wie über ihm die Stukkatur der Decke, wel-

che in hervorquellenden Massen und aufdringlicher Gruppe die Opferung Isaaks durch den eigenen Vater Abraham darstellte. Und sein guter Sohn, der ihn beobachtete, erbleichte ebenfalls, aus der plötzlichen Entfärbung des vertrockneten Gesichtes auf ein großes Unheil ratend. Seine Bestürzung wuchs, als ihn der Alte über das Blatt weg mit einem wehmütigen Ausdrucke väterlicher Zärtlichkeit betrachtete. »Um Gottes willen«, stotterte der Jüngling, »was ist es, Vater?« Der alte Leubelfing, denn diesem vornehmen Handelsgeschlechte gehörten die beiden an, bot ihm das Blatt mit zitternder Hand. Der Jüngling las:

Lieber Herr!
Wissend und Uns wohl erinnernd, daß der Sohn des Herrn den Wunsch nährt, als Page bei Uns einzutreten, melden hiermit, daß dieses heute geschehen und völlig werden mag, dieweil Unser voriger Page, der Max Beheim seliger † (mit nachträglicher Ehrenmeldung des vorvorigen, Utzen Volkamers seligen †, und des fürdervorigen, Götzen Tuchers seligen †), heute bei währendem Sturme nach beiden ihme von einer Stückkugel abgerissenen Beinen in Unsern Armen sänftiglich entschlafen ist. Es wird Uns zu besonderer Genugtuung gereichen, wieder Einen aus der evangelischen Reichsstadt Nüremberg, welcher Stadt Wir fürnehmlich gewogen sind, in Unsern nahen Dienst zu nehmen. Eines guten Unterhaltes und täglicher christlicher Vermahnung seines Sohnes kann der Herr gewiß sein.

Des Herrn wohl affektionierter
Gustavus Adolphus Rex.

»O du meine Güte«, jammerte der Sohn, ohne sein zages Herz vor dem Vater zu verbergen, »jetzt trage ich meinen Totenschein in der Tasche und Ihr, Vater – mit dem schuldigen Respekt gesprochen –, seid der

Ursacher meines frühen Hinschieds, denn wer als Ihr
könnte dem Könige eine so irrtümliche Meinung von
meinem Wünschen und Begehren beigebracht haben?
Daß Gott erbarm'!«, und er richtete seinen Blick auf-
5 wärts zu dem gerade über ihm schwebenden Messer
des gipsenen Erzvaters.

»Kind, du brichst mir das Herz!« versetzte der Alte
mit einer kargen Träne. »Vermaledeit sei das Glas
Tokayer, das ich zuviel getrunken –«

10 »Vater«, unterbrach ihn der Sohn, der mitten im Elend
den Kopf, wo nicht oben, doch klar behielt, »Vater,
berichtet mir, wie sich das Unglück ereignet hat.«

»August«, beichtete der Alte mit Zerknirschung, »du
weißt die große Gasterei, die ich dem Könige bei sei-
15 nem ersten Einzuge gab. Sie kam mich teuer zu
stehen –«

»Dreihundertneunundneunzig Gulden elf Kreuzer,
Vater, und ich habe nichts davon gekostet«, bemerkte
der Junge weinerlich, »denn ich hütete die Kammer
20 mit einer nassen Bausche über dem Auge.« Er wies auf
sein rechtes. »Die Gustel, der Wildfang, halb unsinnig
und närrisch vor Freude, den König zu sehen, hatte
mir den Federball ins Auge geschmissen, da gerade ein
Trompetenstoß schmetterte und sie glauben ließ, der
25 Schwede halte Einzug. Aber redet, Vater –«

»Nach abgetragenem Essen bei den Früchten und Kel-
chen erging ein Sturm von Jubel oben durch den Saal
und unten über den Platz durch das Kopf an Kopf
versammelte Volk. Alle wollten sie den König sehen.
30 Humpen dröhnten, Gesundheiten wurden bei offenen
Fenstern ausgebracht und oben und unten bejauchzt.
Dazwischen schreit eine klare, durchdringende Stimme: ›Hoch Gustav, König von Deutschland!‹ Jetzt
wurde es mäuschenstill, denn das war ein starkes Ding.
35 Der König spitzte die Ohren und strich sich den
Zwickel. ›Solches darf ich nicht hören‹, sagte er. ›Ich
bringe ein Hoch der evangelischen Reichsstadt Nü-

remberg!‹ Nun bricht erst der ganze Jubel aus. Stücke
werden auf dem Platze gelöst, alles geht drüber und
drunter! Nach einer Weile drückt mich die Majestät
von ungefähr in eine Ecke. ›Wer hat den König von
Deutschland hochleben lassen, Leubelfing?‹ fragte er
mich unter der Stimme. Nun sticht mich alten betrun-
kenen Esel die Prahlsucht« – Leubelfing schlug sich
vor die Stirn, als klage er sie an, ihn nicht besser be-
raten zu haben – »und ich antwortete: ›Majestät, das
tat mein Sohn, der August. Dieser spannt Tag und
Nacht darauf, als Page in Euren Dienst zu treten.‹
Trotz meines Rausches wußte ich, daß der königliche
Leibdienst von Götz Tucher versehen wurde und der
Bürgermeister Volkamer nebst dem Schöppen Beheim
ihre Buben als Pagen empfohlen hatten. Ich sagte es
auch nur, um hinter meinen Nachbarn, dem alten
Tucher und dem Großmaul, dem Beheim, nicht zu-
rückzubleiben. Wer konnte denken, daß der König die
ganze Nüremberger Ware in Bayern verbrauchen
würde –«
»Aber, hätte der König mich mit meinem blauen Auge
holen lassen?«
»Auch das war vorbedacht, August! Der verschmitzte
Spitzbube, der Charnacé, lärmte im Vorzimmer.
Schon dreimal hatte er sich melden lassen und war
nicht mehr abzutreiben. Der König ließ ihn dann ein-
treten und hudelte den Ambassadeur vor uns Patri-
ziern, daß einem deutschen Mann das Herz im Leibe
lachen mußte. Nichts von alledem hatte ich in der
Geschwindigkeit unerwogen gelassen –«
»So viel und so wenig Weisheit, Vater!« seufzte der
Sohn.
Dann steckten die beiden die Köpfe zusammen, um
eine Remedur zu suchen, wie sie es nannten, jetzt unter
der Stimme flüsternd, welche sie vorher in ihrer Auf-
regung, uneingedenk der im Nebenzimmer hantieren-
den Angestellten und Lehrlinge, zu dämpfen verges-

sen hatten. Aber sie fanden keinen Rat, und ihre Gebärden wurden immer ängstlicher und peinlicher, als
im Gange draußen ein markiger Alt das Leiblied
Gustav Adolfs anstimmte:

5   »Verzage nicht, du Häuflein klein,
       Ob auch die Feinde willens sein,
       Dich gänzlich zu zerstören!«

und ein tannenschlankes Mädchen mit lustigen Augen,
kurzgeschnittenen Haaren, knabenhaften Formen und
10 ziemlich reitermäßigen Manieren eintrat.
»Willst du uns die Ohren zersprengen, Base?« zankten
die beiden Leubelfinge. Sie, das trübselige Paar
musternd, erwiderte: »Ich komme, Euch zum Essen zu
rufen. Was hat's gegeben, Herr Ohm und Herr Vet-
15 ter? Ihr habt ja beide ganz bleiche Nasenspitzen!«
Der zwischen den Hilflosen liegende Brief, den das
Mädchen ohne weiteres ergriff und, als sie die kräftig
hingeworfene Unterschrift des Königs gelesen, mit leidenschaftlichen Augen verschlang, erklärte ihr den
20 Schrecken. »Zu Tische, Herren!« sagte sie und schritt
den beiden voran in das Speisezimmer. Hier aber ging
es dem gutherzigen Mädchen selber nahe, wie den
Leubelfingen jeder Bissen im Munde quoll. Sie ließ
abtragen, setzte ihren Stuhl zurück, kreuzte die Arme,
25 schlug unter ihrem blauen Rocke, an dessen Gurt die
Tasche und der Schlüsselbund hing, ein schlankes Bein
über das andere und ließ, horchend und nachdenkend,
den ganzen verfänglichen Handel sich vortragen;
denn sie schien vollständig zum Hause zu gehören und
30 sich darin mit ihrem kecken Wesen eine entschiedene
Stellung erobert zu haben.
Die Leubelfinge erzählten. »Wenn ich denke«, sagte
dann das Mädchen mutig, »wer es war, der das Hoch
auf den König ausbrachte!«
35 »Wer denn?« fragten die Leubelfinge, und sie antwortete: »Niemand anders als ich.«

7

»Hol dich der Henker, Mädchen!« grollte der Alte.
»Gewiß hast du den blauen schwedischen Soldaten-
rock, den du dir im Schrank hinter deinen Schürzen
aufhebst, angezogen und dich in den Speisesaal an
deinen Götzen hinangeschlichen, statt dich züchtig 5
unter den Weibern zu halten.«
»Sie hätten mir den hintersten Platz gegeben«, versetzte das Mädchen zornig, »die kleine Hallerin, die
große Holzschuherin, die hochmütige Ebnerin, die
schiefe Geuderin, die alberne Creßerin, tutte quante, 10
die dem Könige das Geschenk unserer Stadt, die beiden silbernen Trinkschalen, die Himmelskugel und die
Erdkugel, überreichen durften.«
»Wie kann ein schamhaftes Mädchen, und das bist du,
Gustel, es nur über sich bringen, Männertracht zu tra- 15
gen!« maulte der zimperliche Jüngling.
»Das heißt«, erwiderte das Mädchen ernst, »die
Tracht meines Vaters, wo noch neben der Brusttasche
das gestopfte Loch sichtbar ist, das der Degen des
Franzosen gerissen hat. Ich brauche nur einen schrä- 20
gen Blick zu tun – sie tat ihn, als trüge sie der väterliche Tracht – so sehe ich den Riß, und es wirkt wie
eine Predigt. Dann«, schloß sie, aus dem Ernst nach
ihrer Art in ein Lachen überspringend, »wollen mir
die Weiberröcke auch gar nicht sitzen. Kein Wunder, 25
daß sie mich schlecht kleiden, bin ich doch bis in mein
vierzehntes Jahr mit dem Vater und der Mutter in
kurzem Habit zu Rosse gesessen.«
»Liebe Base«, jammerte der junge Leubelfing, nicht
ohne eine Mischung von Zärtlichkeit, »seit dem Tode 30
deines Vaters bist du hier wie das Kind des Hauses
gehalten, und nun hast du mir *das* eingebrockt! Du
lieferst deinen leibhaftigen Vetter wie ein Lamm auf
die Schlachtbank! Der Utz wurde durch die Stirn geschossen, der Götz durch den Hals!« Ihn überlief eine 35
Gänsehaut. »Wenn du mir wenigstens einen guten Rat
wüßtest, Base!«

»Einen guten Rat«, sagte sie nachdrücklich, »den will ich dir geben: halte dich wie ein Nüremberger, wie ein Leubelfing!«

»Ein Leubelfing!« giftelte der alte Herr. »Muß denn jeder Nüremberger und jeder Leubelfing ein Raufbold sein, wie der Rupert, dein Vater, Gott hab' ihn selig, der mich, den Ältern, er ein Zehnjähriger, auf einem Leiterwagen entführte, umwarf, heil blieb und mir zwei Rippen brach? Welche Laufbahn! Mit fünfzehn zu den Schweden durchgegangen, mit siebzehn eine Fünfzehnjährige vor der Trommel geheiratet, mit dreißig in einem Raufhandel das Zeitliche gesegnet!«

»Das heißt«, sagte das Mädchen, »er fiel für die Ehre meiner Mutter —«

»Weißt du mir keinen Rat, Guste?« drängte der junge Leubelfing. »Du kennst den schwedischen Dienst und die natürlichen Fehler, die davon frei machen. Auf was kann ich mich bei dem Könige gültig ausreden?«

Sie brach in ein tolles Gelächter aus. »Wir wollen dich«, sagte sie, »wie den jungen Achill im Bildwerk am Ofen dort unter die Mädchen stecken, und wenn der listige Ulysses vor ihnen das Kriegszeug ausbreitet, wirst du nicht auf ein Schwert losspringen.«

»Ich gehe nicht!« erklärte der durch diese mythologische Gelehrsamkeit Geärgerte. »Ich bin nicht die Person, welche der Vater dem Könige geschildert hat.« Da fühlte er sich an seinen beiden dünnen Armen gepackt. Ihm den linken klaubend, zeterte der alte Leubelfing: »Willst du mich ehrwürdigen Mann dem Könige als einen windigen Lügner hinstellen?« Das Mädchen aber, den rechten Arm des Vetters drückend, rief entrüstet: »Willst du mit deiner Feigheit den braven Namen meines Vaters entehren?«

»Weißt du was«, schrie der Gereizte, »gehe du als Page zu dem König! Er wird, bubenhaft wie du aus-

siehst und dich beträgst, das Mädchen in dir ebensowenig vermuten, als der Ulysses am Ofen, von dem
du fabelst, in mir den Buben erraten hätte! Mach dich
auf zu deinem Abgott und bet ihn an! Am Ende«,
fuhr er fort, »wer weiß, ob du das nicht schon lange 5
in dir trägst? Träumest du doch von dem Schweden-
könig, mit welchem du als Kind in der Welt herum-
gefahren bist, wachend und schlafend. Als ich vor-
gestern auf meine Kammer ging, an der deinigen vor-
über, hörte ich deine Traumstimme schon von weitem. 10
Ich brauchte wahrlich mein Ohr nicht ans Schlüssel-
loch zu halten. ›Der König! Wache heraus! Präsentiert
Gewehr!‹« Er ahmte das Kommando mit schriller
Stimme nach.
Die Jungfrau wandte sich ab. Eine Purpurröte war 15
ihr in Wangen und Stirne geschossen. Dann zeigte sie
wieder die warmen lichtbraunen Augen und sprach:
»Nimm dich in acht! Es könnte dahin kommen, wäre
es nur, damit der Name Leubelfing nicht von lauter
Memmen getragen wird!« 20
Das Wort war ausgesprochen, und ein kindischer
Traum hatte Gestalt gewonnen als ein dreistes, aber
nicht unmögliches Abenteuer. Das väterliche Blut
lockte. Des Mutes und der Verwegenheit war ein
Überfluß. Aber die maidliche Scham und Zucht – der 25
Vetter hatte wahrhaftes Zeugnis abgelegt – und die
Ehrfurcht vor dem Könige taten Einspruch. Da er-
griff sie der Strudel des Geschehens und riß sie mit
sich fort.
Der schwedische Kornett, welcher das Schreiben des 30
Königs gebracht hatte und den neuen Pagen ins Lager
führen sollte, meldete sich. Statt in die grauen Mauer-
bilder Meister Albrechts hatte er sich in eine lustige
Weinstube und in einen goldgefüllten grünen Römer
vertieft, ohne jedoch den Glockenschlag zu überhören. 35
Der alte Leubelfing, in Todesangst um seinen Sohn
und um seine Firma, machte eine Bewegung, die Knie

seiner Nichte zu umfangen, nicht anders als um den
Körper seines Sohnes bittend der greise Priamus die
Knie Achills umarmte, während der junge Leubelfing
an allen Gliedern zu schlottern begann. Das Mädchen
5 machte sich mit einem krampfhaften Gelächter los
und entsprang durch eine Seitentür, gerade einen
Augenblick ehe sporenklirrend der Kornett eindrang,
ein Jüngling, dem der Mutwille und das Lebensfeuer
aus den Augen spritzte, obwohl er in der strengen
10 Zucht seines Königs stand.

Auguste Leubelfing wirtschaftete hastvoll, wie be-
rauscht in ihrer Kammer, packte einen Mantelsack,
warf sich eilfertig in die Kleider ihres Vaters, die
ihrem schlanken und knappen Wuchs wie angegossen
15 saßen, und dann auf die Knie zu einem kurzen Stoß-
seufzer, um Vergebung und Begünstigung des Abenteuers betend.

Als sie wieder den untern Saal betrat, rief ihr der
Kornett entgegen: »Rasch, Herr Kamerad! Es eilt!
20 Die Rosse scharren! Der König erwartet uns! Nehmt
Abschied von Vater und Vetter!«, und er schüttete
mit einem Zug den Inhalt des ihm vorgesetzten Rö-
mers hinter seinen feinen Spitzenkragen.

Der in schwedische Uniform gekleidete Scheinjüng-
25 ling neigte sich über die vertrocknete Hand des Alten,
küßte sie zweimal mit Rührung und wurde von ihm
dankbar gesegnet; dann aber plötzlich in eine unbän-
dige Lustigkeit übergehend, ergriff der Page die
Rechte des jungen Leubelfing, schwang sie hin und
30 her und rief: »Lebt wohl, Jungfer Base!« Der Kornett
schüttelte sich vor Lachen: »Hol mich, straf mich –
was der Herr Kamerad für Späße vorbringt! Mit
Gunst und Verlaub, mir fiel es gleich ein: das reine
alte Weib, der Herr Vetter! in jedem Zug, in jeder
35 Gebärde, wie sie bei uns in Finnland singen:

Ein altes Weib auf einer Ofengabel ritt –

Hol mich, straf mich!« Er entführte mit einem raschen Handgriff dem aufwartenden Stubenmädchen das Häubchen und stülpte es dem jungen Leubelfing auf den von sparsamen Flachshaaren umhangenen Schädel. Die spitzige Nase und das rückwärts fliehende 5 Kinn vollendeten das Profil eines alten Weibes.

Jetzt legte der leichtbezechte Kornett seinen Arm vertraulich in den des Pagen. Dieser aber trat einen Schritt zurück und sprach: »Herr Kamerad! Ich bin ein Freund der Reserve und ein Feind naher Berührung!« 10

»Potz!« sagte dieser, stellte sich aber seitwärts und gab dem Pagen mit einer höflichen Handbewegung den Vortritt. Die zwei Wildfänge rasselten die Treppe hinunter. 15

Lange noch ratschlagten die Leubelfinge. Daß für den jungen, welcher seine Identität eingebüßt hatte, des Bleibens in Nüremberg nicht länger sei, war einleuchtend. Schließlich wurden Vater und Sohn einig. Dieser sollte einen Zweig des Geschäftes nach Kursachsen, 20 und zwar nach der aufblühenden Stadt Leipzig verpflanzen, nicht unter dem verscherzten patrizischen Namen, sondern unter dem plebejischen »Laubfinger«, nur auf kurze Zeit, bis der jetzige August von Leubelfing neben dem Könige vom Roß auf ein Schlachtfeld 25 und in den Tod gestürzt sei, welches Ende nicht werde auf sich warten lassen.

Als nach einer langen Sitzung der Vertauschte sich erhob und seinem Bild im Spiegel begegnete, trug er über seinen verstörten Zügen noch das Häubchen, wel- 30 ches ihm der schwedische Taugenichts aufgesetzt hatte.

II

»Höre, Page Leubelfing! Ich habe ein Hühnchen mit
dir zu pflücken. Wenn du mit deinen flinken Fingern
in den dringendsten Fällen dem Könige, meinem
5 Herrn, eine aufgehende Naht seines Rockes zunähen
oder einen fehlenden Knopf ersetzen würdest, ver-
gäbest du deiner Pagenwürde nicht das geringste.
Hast du denn in Nüremberg Mütterchen oder Schwesterchen nie über die Schulter auf das Nähkissen ge-
10 schaut? Ist es doch eine leichte Kunst, welche dich
jeder schwedische Soldat lehren kann. Du rümpfst die
Stirne, Unfreundlicher? Sei artig und folgsam! Sieh
da mein eigenes Besteck! Ich schenk es dir.«
Und die Brandenburgerin, die Königin von Schweden,
15 reichte dem Pagen Leubelfing ein Besteck von eng-
lischer Arbeit mit Zwirn, Fingerhut, Nadel und
Schere. Dem Könige aus eifersüchtiger Zärtlichkeit
überallhin nachreisend, hatte sie ihn mitten in seinem
unseligen Lager bei Nüremberg, wo er einen in das-
20 selbe eingeschlossenen, vom Kriege halb verwüsteten
Edelsitz bewohnte, mit ihrem kurzen Besuche über-
rascht. In den widerstrebenden Händen des Pagen
öffnete sie das Etui, enthob ihm den silbernen Fingerhut und steckte denselben dem Pagen an mit den
25 holdseligen Worten: »Ich binde dir's aufs Gewissen,
Leubelfing, daß mein Herr und König stets propre
und vollständig einhergehe.«
»Den Teufel scher ich mich um Nähte und Knöpfe,
30 Majestät«, erwiderte Leubelfing unmutig errötend,
aber mit einer so drolligen Miene und einer so angenehm markigen Stimme, daß die Königin sich keineswegs beleidigt fühlte, sondern mit einem herablassen-
den Gelächter den Pagen in die Wange kniff. Diesem
35 tönte das Lachen hohl und albern, und der Reizbare
empfand einen Widerwillen gegen die erlauchte Für-

stin, von welchem diese gutmütige Frau keine Ahnung hatte.

Doch auch der König, welcher auf der Schwelle des Gemaches den Auftritt belauscht hatte, brach jetzt in ein herzliches Gelächter aus, da er seinen Pagen mit dem Raufdegen an der linken Hüfte und einem Fingerhut an der rechten Hand erblickte. »Aber Gust«, sagte er dann, »du schwörst ja wie ein Papist oder Heide! Ich werde an dir zu erziehen haben.«

In der Tat achtete Gustav Adolf es nicht für einen Raub, die Krone zu tragen. Wie hätte er, welcher – ohne Abbruch der militärischen Strenge – jeden seiner Leute, auch den Geringsten, mit menschlichem Wohlwollen behandelte, dieses einem gutgearteten Jüngling von angenehmer Erscheinung versagt, der unter seinen Augen lebte und nicht von seiner Seite weichen durfte. Und einem unverdorbenen Jüngling, der bei dem geringsten Anlaß nicht anders als ein Mädchen bis unter das Stirnhaar errötete! Auch vergaß er es dem jungen Nüremberger nicht, daß dieser an jenem folgenschweren Bankett ihn als den »König von Deutschland« hatte hochleben lassen, den möglichen ruhmreichen Ausgang seines heroischen Abenteuers in eine kühne prophetische Formel fassend.

Eine zärtliche und wilde, selige und ängstliche Fabel hatte der Page schon neben seinem Helden gelebt, ohne daß der arglose König eine Ahnung dieses verstohlenen Glückes gehabt hätte. Berauschende Stunden, gerade nach vollendeten achtzehn unmündigen Jahren beginnend und diese auslöschend wie die Sonne einen Schatten! Eine Jagd, eine Flucht süßer und stolzer Gefühle, quälender Befürchtungen, verhehlter Wonnen, klopfender Pulse, beschleunigter Atemzüge, soviel nur eine junge Brust fassen und ein leichtsinniges Herz genießen kann in der Vorstunde einer tötenden Kugel oder am Vorabend einer beschämenden Entlarvung!

Als der nürembergische Junker August Leubelfing von
dem Kornett dem Könige vorgestellt wurde, hatte der
Beschäftigte kaum einen Augenblick gefunden, seinen
neuen Pagen flüchtig ins Auge zu fassen. So wurde
5 dieser einer frechen Lüge überhoben. Gustav Adolf
war im Begriff, sich auf sein Leibroß zu schwingen,
um den zweiten fruchtlosen Sturm auf die uneinnehm-
bare Stellung des Friedländers vorzubereiten. Er hieß
den Pagen folgen, und dieser warf sich ohne Zaudern
10 auf den ihm vorgeführten Fuchs, denn er war von
jung an im Sattel heimisch und hatte von seinem Vater, dem weiland wildesten Reiter im schwedischen
Heere, einen schlanken und ritterlichen Körper ge-
erbt. Wenn der König, nach einer Weile sich umwen-
15 dend, den Pagen tödlich erblassen sah, so taten es
nicht die feurigen Sprünge des Fuchses und die Unge-
wohnheit des Sattels, sondern es war, weil Leubelfing
in einiger Entfernung eine ertappte Dirne erblickte,
die mit entblößtem Rücken aus dem schwedischen La-
20 ger gepeitscht wurde, und ihn das nackte Schauspiel
ekelte.
Tag um Tag – denn der König ermüdete nicht, den
abgeschlagenen Sturm mit einer ihm sonst fremden
Hartnäckigkeit zu wiederholen – ritt der Page ohne
25 ein Gefühl der Furcht an seiner Seite. Jeder Augenblick konnte es bringen, daß er den tödlich Getroffe-
nen in seinen Armen vom Rosse hob oder selbst tödlich verwundet in den Armen Gustav Adolfs aus-
30 atmete. Wann sie dann ohne Erfolg zurückritten, der
König mit verdüsterter Stirn, so täuschte oder verbarg
dieser seine Sorge, indem er den Neuling aufzog, daß
er den Bügel verloren und die Mähne seines Tieres gepackt hätte. Oder er tadelte auch im Gegenteil seine
35 Waghalsigkeit und schalt ihn auch einen Casse-Cou, wie
der Lagerausdruck lautete.
Überhaupt ließ er es sich nicht verdrießen, seinem

Pagen gute väterliche Lehre zu geben und ihm gelegentlich ein wenig Christentum beizubringen.

Der König hatte die löbliche und gesunde Gewohnheit, nach beendigtem Tagewerke die letzte halbe Stunde vor Schlafengehen zu verändeln und allerhand Allotria zu treiben, jede Sorge mit geübter Willenskraft hinter sich werfend, um sie dann im ersten Frühlicht an derselben Stelle wieder aufzuheben. Und diese Gewohnheit hielt er auch jetzt und um so mehr fest, als die vereitelten Stürme und geopferten Menschenleben seine Pläne zerstörten, seinen Stolz beleidigten und seinem christlichen Gewissen zu schaffen machten. In dieser späten Freistunde saß er dann behaglich in seinen Sessel zurückgelehnt und Page Leubelfing auf einem Schemel daneben. Da wurde Dame gezogen oder Schach gespielt, und im Brettspiele schlug der Page zuweilen den König. Oder dieser, wenn er sehr guter Laune war, erzählte harmlose Dinge, wie sie eben in seinem Gedächtnisse obenauf lagen. Zum Beispiel von der pompösen Predigt, welche er weiland auf seiner Brautfahrt nach Berlin in der Hofkirche gehört. Sie habe das Leben einer Bühne verglichen: mit den Menschen als Schauspielern, den Engeln als Zuschauern, dem den Vorhang senkenden Tode als Regisseur. Oder auch die unglaubliche Geschichte, wie man ihm, dem Könige, nach der Geburt seines Kindes anfänglich einen Sohn verkündigt und er selbst eine Weile sich habe betrügen lassen, oder von Festen und Kostümen, seltsamerweise meistens Geschichten, die ein Mädchen ebensosehr oder mehr als einen Jüngling belustigen konnten, als empfände der getäuschte König, ohne sich Rechenschaft davon zu geben, die Wirkung des Betruges, welchen der Page an ihm verübte, und kostete unwissend den unter dem Scheinbilde eines gutgearteten Jünglings spielenden Reiz eines lauschenden Weibes. Darüber befiel auch wohl den Pagen eine plötzliche Angst. Er vertiefte seine Altstimme

und wagte irgendeine männliche Gebärde. Aber ein nicht zu mißdeutendes Wort oder eine kurzsichtige Bewegung des Königs gab dem Erschreckten die Gewißheit zurück, Gustav unterliege demselben Blend-
5 werk wie bei der Geburt seiner Christel. Dann geriet der wieder sicher Gewordene wohl in eine übermütige Stimmung und gab etwas so Verwegenes und Persönliches zum besten, daß er sich eine Züchtigung zuzog. Wie jenes Mal, da er nach einem warmen ehelichen
10 Lobe der Königin im Munde Gustavs die kecke Frage hinwarf: wie denn die Gräfin Eva Brahe eigentlich ausgesehen habe? Diese Jugendgeliebte Gustavs und spätere Gemahlin De la Gardies, welchen sie, da ihr der tapferste Mann des Jahrhunderts entschlüpft war,
15 als den zweittapfersten heiratete, besaß dunkles Haar, schwarze Augen und scharfe Züge. Das erfuhr aber der neugierige Page nicht, sondern erhielt einen ziemlich derben Schlag mit der flachen Hand auf den vorlauten Mund, in dessen Winkeln Gustav die Lust zu einem
20 mutwilligen Gelächter wahrzunehmen glaubte.
Es begab sich eines Tages, daß der König seiner Christel das Geschenk eines ersten Siegelringes machte. Auf den edeln Stein desselben sollte der Mode gemäß ein Denkspruch eingegraben werden, eine Devise, wie
25 man es hieß, welche – im Unterschiede mit dem ererbten Wappenspruche – etwas dem Besitzer des Siegels persönlich Eigenes, eine Maxime seines Kopfes, einen Wunsch seines Herzens, in nachdrücklicher Kürze aussprechen mußte, wie zum Beispiel das ehrgeizige
30 »Nondum« des jungen Karls V. Gustav hätte wohl seinem Kinde selbst einen Leibspruch erfunden, aber, wieder der Mode gemäß, mußte dieser lateinisch, italienisch oder französisch lauten.
So suchte er denn, tief auf einen Quartband gebückt,
35 unter den tausend darin verzeichneten Sinnsprüchen berühmter oder witziger Leute mit seinen lichtgefüllten, doch kurzsichtigen Augen nach demjenigen, wel-

chen er seiner erst siebenjährigen, aber frühreifen
Christel bescheren wollte. Er belustigte sich an den
lakonischen Sätzen, welche das Wesen ihrer Erfinder
– meistenteils geschichtlicher Persönlichkeiten – oft
richtig, ja schlagend ausdrückten, oft aber auch, ge- 5
mäß der menschlichen Selbsttäuschung und Prahlerei,
das gerade Gegenteil.
Jetzt wies ein feiner Finger mit einem scharfen
schwarzen Schatten auf das hellbeleuchtete Blatt und
eine Devise von unbekanntem Ursprung. Es war der 10
über die Schultern des Königs guckende Page, die Devise aber lautete: »Courte et bonne!« Das heißt: Soll
ich mir ein Leben wählen, so sei es ein kurzes und ge-
nußvolles! Der König las, sann einen Augenblick,
schüttelte bedenklich den Kopf und zupfte über sich 15
greifend seines Pagen wohlgebildeten Ohrlappen.
Dann drückte er Leubelfing auf seinen Schemel nieder, in der Absicht, ihm eine kleine Predigt zu halten.
»Gust Leubelfing«, begann er lehrhaft behaglich, den
Kopf rückwärts in das Polster gedrückt, so daß das 20
volle Kinn mit dem goldhaarigen Zwickel vorsprang
und das schalkhafte Licht der halbgeschlossenen Augen auf das lauschend gehobene Antlitz des Pagen
niederblitzte, »Gust Leubelfing, mein Sohn! Ich ver-
mute, diesen fragwürdigen Spruch hat ein Weltkind 25
erfunden, ein ›Epikurer‹, wie Doktor Luther solche
Leute nennt. Unser Leben ist Gottes. So dürfen wir es
weder lang noch kurz wünschen, sondern wir nehmen
es, wie Er es gibt. Und gut? Freilich gut, das ist
schlicht und recht. Aber nicht voll Rausches und Tau- 30
mels, wie der französische Spruch hier unzweifelhaft
bedeutet. Oder wie hast du ihn verstanden, mein lieber Sohn?«
Leubelfing antwortete erst schüchtern und befangen,
dann aber mit jeder Silbe freudiger und entschlosse- 35
ner: »Solchergestalt, mein gnädiger Herr: Ich wün-
sche mir alle Strahlen meines Lebens in *ein* Flammen-

18

bündel und in den Raum *einer* Stunde vereinigt, daß
statt einer blöden Dämmerung ein kurzes, aber blen-
dend helles Licht von Glück entstünde, um dann zu
löschen wie ein zuckender Blitz.« Sie hielt inne. Dem
5 Könige schien dieser Stil und dieser »zuckende Blitz«
nicht zu gefallen, obgleich es die Lieblingsmetapher
des Jahrhunderts war. Er kräuselte spottend die feinen Lippen. Aber das noch ungesprochene rügende
Wort unterbrechend, leidenschaftlich hingerissen, rief
10 der Page aus: »Ja, so möcht ich! Courte et bonne!«
Dann besann er sich plötzlich und fügte demütig bei:
»Lieber Herr! Möglicherweise mißversteh ich den
Spruch. Er ist vieldeutig, wie die meisten hier im
Buche. Eines aber weiß ich, und das ist die lautere
15 Wahrheit: wenn dich, mein liebster Herr, die Kugel,
welche dich heute streifte« – er verschluckte das
Wort – »Courte et bonne! hätte es geheißen, denn du
bist ein Jüngling zugleich und ein Mann – und dein
Leben ist ein gutes!«
20 Der König schloß die Augen und verfiel dann, tages-
müde wie er war, in den Schlummer, den er erst heu-
chelte, um die Schmeichelei des Pagen nicht gehört zu
haben oder wenigstens nicht zu beantworten.
So spielte der Löwe mit dem Hündchen und auch das
25 Hündchen mit dem Löwen. Und als ob ein neckisches
oder verderbliches Schicksal es darauf absehe, dem
verliebten Kinde seinen vergötterten Helden aufs
innigste zu verbinden, ihm denselben in immer neuer
Gestalt und in seinen tiefsten Empfindungen zeigend,
30 ließ es den Pagen mit seinem Herrn auch den herbsten
Schmerz teilen, welchen es gibt, den väterlichen.
Der König bediente sich Leubelfings, dem er das un-
bedingteste Vertrauen bewies, um die regelmäßig aus
Stockholm anlangenden Briefe der Hofmeisterin sei-
35 nes Prinzeßchens sich vorlesen und dann auch beantworten zu lassen. Diese Dame schrieb einen kritzligen,
schmalen Buchstaben und einen breiten, gründlichen

Stil, so daß Gustav ihre umständlichen Schreiben meist
gleich dem Pagen zuschob, dessen rasche Augen und
bewegliche Lippen die Zeilen einer Briefseite nicht
weniger behende hinuntersprangen als seine jungen
Füße die ungezählten Stufen einer Wendeltreppe. 5
Eines Tages bemerkte Leubelfing in der Ecke des
Briefumschlages das große S, womit man damals wichtige oder sekrete Schreiben zu bezeichnen pflegte, damit sie der Empfänger persönlich öffne und lese. Die
Pageneigenschaften: Neugierde und Keckheit über- 10
wogen. Leubelfing brach das Siegel, und eine wunder-
liche Geschichte kam zum Vorschein. Die Hofmeisterin des Prinzeßchens hatte – gemäß dem vom Könige
selbst verfaßten und frühe Erlernung der Sprachen
vorschreibenden Studienplane – an der Zeit gefunden, 15
der Christel einen Lehrer des Italienischen zu bestel-
len. Die mit Umsicht vorgenommene Wahl schien ge-
glückt. Der noch junge Mann, ein Schwede von guter
Abkunft, welcher sich auf langen Reisen weit in der
Welt umgesehen hatte, vereinigte alle Vorzüge der 20
Erscheinung und des Geistes, einen edelschlanken Kör-
perbau, einnehmende Gesichtszüge, eine feingewölbte
Stirn, ein gefälliges Betragen, eine befestigte Sittlich-
keit, gleich weit entfernt von finsterer Strenge und
lächerlicher Pedanterie, adeliges Ehrgefühl, christliche 25
Demut. Und die Hauptsache: ein echtes Luthertum,
welches, wie er selbst bekannte, erst in der modernen
Babylon angesichts der römischen Greuel aus einer
erlernten Sache ihm zu einer selbständigen und un-
erschütterlichen Überzeugung geworden sei. Die kühle 30
und verständige Hofmeisterin wiederholte in jedem
ihrer Briefe, dieser Jüngling habe es ihr angetan. Auch
die junge Prinzeß lernte frisch drauflos mit ihrem
aufgeweckten Kopf und unter einem solchen Lehrer.
Da ertappte die Hofmeisterin eines Tages die gelehr- 35
rige und phantasiereiche Christel, wie sie, in einem
Winkel geduckt, sich im stillen damit vergnügte, die

Kugeln eines Rosenkranzes von wohlduftendem Ze-
dernholz herunterzubeten, an denen sie von Zeit zu
Zeit mit schnupperndem Näschen roch. »Ein reißen-
der Wolf im Schafskleide!« schrieb die brave Hof-
5 meisterin mit fünf Ausrufungszeichen. »Ich schlug die
Hände über dem Kopfe zusammen und wurde zur
weißen Bildsäule.«
Auch Gustav Adolf erbleichte, im Tiefsten erschüttert, und seine großen blauen Augen starrten in die
10 Zukunft. Er kannte die Gesellschaft Jesu.
Der Jesuit war ins Gefängnis gewandert, und ihm
stand, nach dem drakonischen schwedischen Gesetze,
eine Halsstrafe bevor, wenn der König nicht Gnade
vor Recht ergehen ließ. Dieser aber befahl dem Pa-
15 gen, umgehend an die Hofmeisterin zu schreiben: Mit
dem Mädchen seien nicht viel Worte zu machen, die
Sache als eine Kinderei zu behandeln; den Jesuiten
schaffe man ohne Geschrei und Aufsehen über die
Grenze, »denn« – so diktierte er Leubelfing – »ich
20 will keinen Märtyrer machen. Der verblendete Jüngling mit seinem gefälschten Gewissen ließe sich
schlankweg köpfen, um in die Purpurwolke der Blut-
zeugen aufgenommen zu werden und gen Himmel zu
fahren mitsamt seiner geheimen bösen Lust, das bild-
25 same Gehirn meines Kindes mißhandelt zu haben.«
Aber mehrere Tage lang ließ ihn »das Unglück und
das Verbrechen« – so nannte er das Attentat auf die
Seele seines Kindes – nicht mehr los, und er erging
sich in Gegenwart seines Lieblings, weit über Mitter-
30 nacht, bis zum Erlöschen seiner Ampel, rastlos auf
und nieder schreitend, freilich eher im Selbst- als im
Zwiegespräche, über die Lüge, die Sophistik und die
Verlarvungen der frommen Väter, während sich der
im Halbdunkel sitzende Page entsetzt und zerknirscht
35 an die klopfende junge Brust schlug und die leisen beschämenden Worte sich zurief: »Auch du bist eine
Lügnerin, eine Sophistin, eine Verlarvte!«

Seit jenen nächtigen Stunden ängstigte sich der Page
furchtbar, bis zur Zerrüttung, über seine Larve und
sein Geschlecht. Der nichtigste Umstand konnte die
Entdeckung herbeiführen. Dieser Schande zu ent-
gehen, beschloß der Ärmste zehnmal im Abenddunkel 5
oder in der Morgenfrühe, sein Roß zu satteln, bis an
das Ende der Welt zu reiten, und zehnmal wurde er
zurückgehalten durch eine unschuldige Liebkosung
des Königs, der keine Ahnung hatte, daß ein Weib um
ihn war. Leicht zumute wurde ihm nur im Pulver- 10
dampfe. Da blitzten seine Augen, und fröhlich ritt er
der tödlichen Kugel entgegen, welche er herausfor-
derte, seinen bangen Traum zu endigen. Und wann
der König hernach in seiner Abendstunde beim trau-
ten Lichtschein seinen Pagen über einer Dummheit 15
oder Unwissenheit ertappte, beim Kopfe kriegte und
ihm mit einem ehrlichen Gelächter durch das krause
Haar fuhr, sagte sich dieser in herzlicher Lust und
Angst erbebend: »Es ist das letztemal!«
So fristete er sich und genoß das höchste Leben mit 20
der Hilfe des Todes.
Es war seltsam. Leubelfing fühlte es: auch der König
lebte mit dem Tode auf einem vertrauten Fuße. Der
Friedländer hatte den Angriff an sich gerissen und
den Eroberer in die unerträgliche Lage eines Weichen- 25
den, beinahe Flüchtigen gebracht. So legte der christliche Held sein Schicksal täglich, ja stündlich und fast
herausfordernd in die Hände seines Gottes. Den Brust-
harnisch, welchen ihm der Page zu bieten pflegte,
wies er beharrlich zurück unter dem Vorwand einer 30
Schulterwunde, welche der anliegende Stahl drücke.
Ein schmiegsames feines Panzerhemde, wie die Klugen
und Vorsichtigen es auf bloßem Leibe trugen, ein
Meisterstück niederländischer Schmiedekunst, langte
an, und die Königin schrieb dazu, sie hätte erfahren, 35
der Friedländer trage ein solches, ihr Herr und Gemahl dürfe nicht schlechter beschirmt in den Kampf

gehen. Dies feine Geschmiede warf Gustav als eine
Feigheit verächtlich in einen Winkel.

Einmal in der Stille der Nacht hörte Leubelfing, dessen Haupt von demjenigen des Königs nur durch die
5 Wand getrennt war, sich dicht an dieselbe drückend,
wie Gustav inbrünstig betete und seinen Gott be-
stürmte, ihn im Vollwerte hinwegzunehmen, wenn
seine Stunde da sei, bevor er ein Unnötiger oder Un-
möglicher werde. Zuerst quollen der Lauscherin die
10 Tränen, dann erfüllte sie vom Wirbel zur Zehe eine
selbstsüchtige Freude, ein verstohlener Jubel, ein Sieg,
ein Triumph über die Ähnlichkeit ihres kleinen
mit diesem großen Lose, der dann mit dem albernen Kin-
dergedanken, eine gemeinsame Silbe beendige ihren
15 Namen und beginne den des Königs, sich in Schlummer verlor.

Aber der Page träumte schlecht, denn er träumte mit
seinem Gewissen. In den richtenden Bildern, welche
vor seinen Traumaugen aufstiegen, geschah es bald,
20 daß der König den Entdeckten mit flammendem Blick
und verurteilender Gebärde von sich wies, bald ver-
jagte ihn die Königin mit einem Besenstiel und den
derbsten Scheltworten, wie die gebildete Frau solche
am Tage nie über die Lippen ließ, ja welche sie wohl
25 gar nicht kannte.

Einmal träumte dem Pagen, seine Fuchsstute gehe mit
ihm durch und rase durch eine nackte, von einer zor-
nigen Spätglut gerötete Gegend einer Schlucht zu, der
König setze ihm nach, er aber stürze vor den Augen
30 seines Retters oder Verfolgers in die zerschmetternde
Tiefe, von einem höllischen Gelächter umklungen.

III

Leubelfing erwachte mit einem jähen Schrei. Der Morgen dämmerte, und der Page fand seinen König, der sich in einem Zuge kühl und hell geschlafen hatte, in der gelassensten und leutseligsten Laune von der Welt. Ein Brief der Königin langte an, der eben nichts Dringliches enthielt, wenn nicht die Nachschrift, worin sie ihren Gemahl bat, zum Rechten zu sehen in einem Fall und in einer Nöte, welche der hilfreichen Frau naheging. Der Herzog von Lauenburg, ein unsittlicher Mensch, der vor kaum ein paar Monaten eine der vielen Basen der Königin aus politischen Gründen geheiratet hatte, gab öffentliches Ärgernis, indem er, von den blonden Flechten und wasserblauen Augen seines Weibes gelangweilt, seine Flitterwochen abgekürzt hatte und, in das schwedische Lager zurückgeeilt, eine blutjunge Slawonierin neben sich hielt. Diese hatte er, als ein Wegelagerer der er war, aus der Mitte einer niedergerittenen friedländischen Eskorte weggefangen. Nun ersuchte die Königin ihren Gemahl, diesem prahlerischen Ehebruch ein rasches Ende zu machen; denn der Lauenburger, die Blicke nur des Königs ausweichend, prunkte vor seinen Standesgenossen mit der hübschen Beute und gönnte sich, als einem Reichsfürsten, die Sünde und den Skandal dazu. Gustav Adolf faßte die Sache als eine einfache Pflichterfüllung auf und gab kurzweg den Befehl, die Slawonierin – man nannte sie die Korinna – zu ergreifen und ihm vorzuführen in der achten Stunde, wo er von einem kurzen Rekognoszierungsritte zurück zu sein glaubte. Streng und menschlich zugleich, dachte er das Mädchen, dem er, den Lauenburger kennend, den kleinern Teil der Schuld beimaß, zu ermahnen und dann ihrem Vater in das wallensteinische Lager zuzusenden. Er verritt, den Pagen Leubelfing zurücklassend mit der Weisung, die Königin brieflich zu beruhigen; er werde eine eigenhändige Zeile beifügen. Acht Uhr verstrich, und der König war noch nicht wieder angelangt, wohl aber die Korinna, von ein paar grimmigen schwedischen Pikenieren begleitet, 5 welche sie dem Pagen, der im Vorzimmer über seinem Briefe saß, Degen und Pistolen neben sich auf den Tisch gelegt, überlieferten. Vor dem Tore des Schlößchens stand ja eine Wache.

Neugierig schickte der Page einen Blick über seine 10 Buchstaben hinweg nach der Gefangenen, die er sich setzen hieß, und erstaunte über ihre Schönheit. Nur von mittlerer Größe, trug sie über vollen Schultern auf einem feinen Halse ein wohlgebildetes kleines Haupt. Wenig fehlte, stillere Augen, freiere Stirn, 15 ruhigere Naslöcher und Mundwinkel, so war es das süße Haupt einer Muse, wie unmusenhaft die Korinna sein mochte. Pechschwarze Flechten und dunkeldrohende Augen bleichten das fesselnde Gesicht. Die in Unordnung geratene buntfarbige Kleidung, von 20 keinem südlich leuchtenden Himmel gedämpft, erschien unter einem nordischen grell und aufdringlich. Der Busen klopfte sichtbar.

Das Schweigen wurde dem Mädchen unerträglich. »Wo ist der König, Junker?« fragte sie mit einer ho 25 hen, vor Erregung schreienden Stimme. »Ist verritten. Wird gleich zurück sein!« antwortete Leubelfing in seiner tiefsten Note.

»Der König bilde sich nur nicht ein, daß ich von dem Herzog lasse«, fuhr das leidenschaftliche Mädchen 30 mit unbändiger Heftigkeit fort. »Ich liebe ihn zum Sterben. Und wo sollte ich hin? Zu meinem Vater? Der würde mich grausam mißhandeln. Ich bleibe. Der König hat dem Herzog nichts zu befehlen. Mein Herzog ist ein Reichsfürst.« Offenbar plapperte die 35 Angstvolle dem Lauenburger nach, welcher, ob auch an und für sich ein frevelhafter Mensch, seinen Für

stenmantel, halb im Hohn, halb im Ernst, allen seinen
Missetaten umhing.

»Nutzt ihm nichts, Jungfer«, versetzte der Page
Gustav Adolfs. »Reichsfürst hin, Reichsfürst her, der
König ist sein Kriegsherr, und der Lauenburger hat zu
parieren.«

»Der Herzog«, zankte die Slawonierin, »ist vom aller-
edelsten Blut, der König aber stammt von einem ge-
meinen schwedischen Bauer.« Ihr Freund, der Lauenburger, mochte ihr das aus dem Bauerkleide Gustav
Wasas entstandene Märchen vorgestellt haben. Leubelfing erhob sich beleidigt und schritt bolzgerade auf
die Korinna zu, machte dicht vor ihr halt und fragte
gestreng: »Was sagst?« Auch das Mädchen hatte sich
ängstlich erhoben und fiel jetzt mit plötzlich ver-
ändertem Ausdruck dem Pagen um den Hals: »Teurer
Herr! Schöner Herr! Helft mir! Ihr müßt mir helfen!
Ich liebe den Lauenburger und lasse nicht von ihm!
Niemals!« So rief und flehte sie und küßte und herzte
und drückte den Pagen, dann aber wich sie in unsäg-
licher Verblüffung einen Schritt zurück, und das selt-
samste Lächeln der Welt irrte um ihren spöttisch ver-
zogenen Mund.

Der Page wurde bleich und fahl. »Schwesterchen«,
lispelte die Korinna mit einem schlauen Blick, »wenn
du deinen Einfluß« – in demselben Moment hatte
Leubelfing sie mit kräftiger Linken am Arme gepackt,
auf die Knie niedergedrückt und den Lauf seines rasch
ergriffenen Pistols der Schläfe des kleinen Kopfes genähert. »Drück los«, rief die Korinna halb wahnsin-
nig, »und der Lust und des Elends sei ein Ende!« wich
aber doch dem Lauf mit den behendesten und gelen-
kigsten Drehungen und Wendungen ihres Hälschens
aus.

Jetzt setzte ihr Leubelfing den kalten Ring des Eisens
mitten auf die Stirn und sprach totenbleich, aber
ruhig: »Der König weiß nichts davon, bei meiner

Seligkeit.« Ein ungläubiges Lächeln war die Antwort.
»Der König weiß nichts davon«, wiederholte der
Page, »und du schwörst mir bei diesem Kreuz« – er
hatte es ihr an einem goldenen Kettchen aus dem Bu-
5 sen gezerrt – »von wem hast du das? von deiner Mutter, sagst du? – Du schwörst mir bei diesem Kreuz,
daß auch du nichts davon weißt! Mach schnell, oder
ich schieße!«
Aber der Page senkte seine Waffe, denn er vernahm
10 Roßgestampf, das Gerassel des militärischen Saluts
und die treppansteigenden schweren Tritte des Königs.
Er warf noch einen Blick auf die sich von den Knien
erhebende Korinna, einen flehenden Blick, in welchem
zu lesen war, was er nie ausgesprochen hätte: »Sei
15 barmherzig! Ich bin in deiner Gewalt! Verrate mich
nicht! Ich liebe den König!«
Dieser trat ein, ein anderer Mann, als er vor zwei
Stunden verritten war, streng wie ein Richter in Israel,
in heiliger Entrüstung, in loderndem Zorn, wie ein
20 biblischer Held, der ein himmelschreiendes Unrecht
aus dem Mittel heben muß, damit nicht das ganze
Volk verderbe. Er hatte einem empörenden Auftritt,
einer ekelerregenden Szene beigewohnt: der Beraubung eines vor dem Friedländer in das schwedische
25 Lager flüchtenden Haufens deutscher Bauern durch
deutschen Adel unter Führung eines deutschen Fürsten.
Die Herren hatten im Gezelt eines der Ihrigen bis zur
Morgendämmerung gezecht, gewürfelt, gekartet. Ein
30 Abenteurer zweifelhaftester Art, der Bank hielt, hatte
sie alle ausgebeutet. Den mutmaßlich falschen Spieler
ließen sie nach einem kurzen Wortwechsel – er war
von Adel – als einen Mann ihrer Gattung unangefoch-
ten ziehen, brachen dagegen, gereizt und übernächtig
35 zu ihren Zelten kehrend, in ein Gewirr schwer be-
ladener Wagen ein, das sich in einer Lagergasse staute.
Der Lauenburger, der, im Vorbeireiten sein Zelt öff-

nend, das Nest leer gefunden und seinen Verdacht
ohne weiteres auf den König geworfen hatte, kam
ihnen nachgesprengt und feuerte ihre Raubgier zu
einer Tat an, von welcher er wußte, daß sie, von dem
Könige vernommen, Gustav Adolf in das Herz schnei- 5
den würde.
Aber dieser sollte den Frevel mit Augen sehen. Mitten
in den Tumult – Kisten und Kasten wurden erbro-
chen, Rosse niedergestochen oder geraubt, Wehrlose
mißhandelt, sich zur Wehre Setzende verwundet – ritt 10
der König hinein, zu welchem sich flehende Arme,
Gebete, Flüche, Verwünschungen erhoben, nicht anders als zum Throne Gottes. Der König beherrschte
und verschob seinen Zorn. Zuerst gab er Befehl, für
die mißhandelten Flüchtlinge zu sorgen, dann befahl 15
er die ganze adelige Sippe zu sich auf die neunte Stunde. Heimreitend, hielt er vor dem Zelt des Generalgewaltigen, hieß ihn seinen roten Mantel umwerfen
und – in einiger Entfernung – folgen.
In dieser Stimmung befand sich König Gustav, als er 20
die Beihälterin des Lauenburgers erblickte. Er maß
das Mädchen, deren wilde Schönheit ihm mißfiel und
deren grelle Tracht seine klaren Augen beleidigte.
»Wer sind deine Eltern?« begann er, es verschmähend,
sich nach ihrem eigenen Namen oder Schicksal zu er- 25
kundigen.
»Ein Hauptmann von den Kroaten; die Mutter starb
früh weg«, erwiderte das Mädchen, mit ihren dunkeln
seinen hellen Augen ausweichend.
»Ich werde dich deinem Vater zurücksenden«, sagte 30
er.
»Nein«, antwortete sie, »er würde mich erstechen.«
Eine mitleidige Regung milderte die Strenge des Königs. Er suchte für das Mädchen einen geringen Straf-
fall. »Du hast dich im Lager in Männerkleidern 35
umgetrieben, dieses ist verboten«, beschuldigte er
sie.

»Niemals«, widersprach die Korinna aufrichtig entrüstet, »nie beging ich diese Zuchtlosigkeit.«

»Aber«, fuhr der König fort, »du brichst die Ehe und machst eine edle junge Fürstin unglücklich.«

5 Eine rasende Eifersucht loderte in den Augen der Slawonierin. »Wenn er nun mich mehr, mich allein liebt, was kann ich dafür? was kümmert mich die andere?« trotzte sie wegwerfend. Der König betrachtete sie mit einem erstaunten Blicke, als frage er sich, ob sie je in 10 eine christliche Kinderlehre gegangen sei.

»Ich werde für dich sorgen«, sagte er dann. »Jetzt befehle ich dir: Du lässest von dem Lauenburger auf immer und ewig. Deine Liebe ist eine Todsünde. Wirst du gehorchen?« Sie hielt erst mit zwei lodernden 15 Fackeln, dann mit einem festen, starren Blick den des Königs aus und schüttelte das Haupt. Dieser wendete sich gegen den Generalgewaltigen, der unter der Türe stand.

»Was soll der mit mir?« frug das Mädchen schau-20 dernd. »Ist's der Henker? Wird er mich richten?«

»Er wird dir die Haare scheren, dann bringt dich der nächste Transport nach Schweden, wo du in einem Besserungshause bleibst, bis du ein evangelisches Weib geworden bist.«

25 Ein heftiger Stoß von wunderlichen Befürchtungen und unbekannten Schrecken warf das kleine Gehirn über den Haufen. Ein geschorenes Schädelchen, welche entehrendere, beschämendere Entblößung konnte es geben! Schweden, das eisige Land mit seiner Win-30 ternacht, von welchem sie hatte fabeln hören, dort sei der Eingang zum Reiche der Larven und Gespenster! Besserung? Welche ausgesuchte, grausame Folter bedeutete dieses ihr unbekannte Wort? Ein evangelisches Weib? Was war das, wenn nicht eine Ketzerin? Und 35 so sollte sie zu alledem noch ihres bescheidenen himmlischen Teiles verlustig gehen? Sie, die keine Fasten brach und keine fromme Übung versäumte! Sie er-

griff das Kreuz, das an dem zerrissenen Kettchen niederhing, und küßte es inbrünstig.

Dann ließ sie die irren Augen im Kreise laufen. Diese
blieben auf dem Pagen haften, und Rachelust flammte
darin auf. Sie öffnete den Mund, um den König, wel- 5
cher sie des Ehebruchs geziehen, gleicherweise einen
Ehebrecher zu schelten. Dieser stand ruhig beiseite. Er
hatte den Brief des Pagen in die Hand genommen und
durchflog denselben mit nahen Blicken. Seine auf-
merksamen Züge, deren aus Gerechtigkeit und Milde 10
gemischter Ausdruck etwas Majestätisches und Gött-
liches hatte, erschreckten die Korinna; sie fürchtete
sich davor als vor etwas Fremdem und Unheimlichem.
Das wildwüchsige Mädchen, welches jedes von einer
faßlichen Leidenschaft verzogene Männerantlitz rich- 15
tig beurteilte, ohne davor zu erschrecken, wurde aus
dieser veredelten menschlichen Miene nicht klug. Sie
mochte den König nicht länger ansehen. »Am Ende«,
dachte sie, »ist der Schneekönig ein gefrorener Mensch,
der die Nähe des Weibes und die ihn heimlich um- 20
schleichende Liebe nicht spürt. Ich könnte das junge
Blut verderben! Wozu aber auch? Und dann – sie liebt
ihn.«

Jetzt trat der Profos einen Schritt vorwärts und
streckte die Hand nach der Slawonierin aus. Diese 25
gab sich verloren. Blitzschnell richtete sie sich an dem
Pagen auf und wisperte ihm ins Ohr: »Laß mir zehn
Messen lesen, Schwesterchen! von den teuren! Du bist
mir eine dicke Kerze schuldig! Nun, eine hat das
Glück, die andere« – sie fuhr in die Tasche, zog einen 30
Dolch heraus, schleuderte die Scheide ab und zer-
schnitt sich in einem kunstfertigen Zug die Halsader
wie einem Täubchen. So mochte sie es in einer Feld-
küche gelernt und geübt haben.

Der Generalgewaltige spreitete seinen roten Mantel, 35
legte sie der Länge nach darauf, hüllte sie ein und trug

sie wie ein schlafendes Kind auf beiden Armen durch eine Seitentüre hinweg.

Jetzt wurde es im Nebenzimmer lebendig von allerhand ungebührlich laut geführten Unterhaltungen 5 und mit dem Schlage neun trat der König, welchem Leubelfing die Flügeltür öffnete, unter die versammelten deutschen Fürsten und Herren.

Sie bildeten in dem engen Raume einen dichtgedrängten Kreis und mochten ihrer fünfzig oder sechzig sein. 10 Die Herrschaften hielten sich nicht allzu ehrerbietig, manche sogar nachlässig, als ob sie ebensowenig die Farbe der Scham als die Farbe der Furcht kennten: schlaue neben verwegenen, ehrgeizige neben beschränkten, fromme neben frechen Köpfen; die Mehr- 15 zahl Leute, die ihren Mann stellten und mit denen gerechnet werden mußte. Links vom Könige hielt sich in bescheidener Haltung der Hauptmann Erlach, der eigentlich hier nichts zu suchen hatte. Dieser Kriegsmann war unter die Fahnen Gustav Adolfs getreten, 20 als des gottesfürchtigsten Helden seiner Zeit, und hatte dem Könige oft bekannt, ihn jammere der Sünden, die er hier außen im Reiche sehen müsse: Undank, Maske, Fallstrick, Intrige, Kabale, verdecktes Spiel, verteilte Rollen, verwischte Spuren, Bestechung, 25 Länderverkauf, Verrat, lauter in seinen helvetischen Bergen vollständig unbekannte und unmögliche Dinge. Er hatte sich hier eingefunden, vielleicht um seinem intimen Freunde, dem französischen Gesandten, welcher sich von seiner Sitteneinfalt angezogen fühlte, 30 etwas Neues erzählen zu können, worauf die Franzosen brennen, wie sie einmal sind; vielleicht auch nur, um zur Erbauung seiner Seele einem Sieg der Tugend über das Laster beizuwohnen. Er kniff seelenruhig die Augen und wirbelte die Daumen der gefalteten 35 Hände. Diesem Tugendbilde gegenüber, rechts vom Könige, stand die freche Sünde: der Lauenburger, mit unruhigen Füßen in seiner reichsten Tracht und sei-

nem kostbarsten Spitzenkragen, dämonisch lächelnd
und die Augen rollend. Er war einem Knecht des Gewaltigen begegnet, welchem dieser seinen Mantel über-
geben. Unter dessen Falten hatte er eine Menschengestalt erkannt, war hinzugetreten und hatte das Tuch 5
aufgeschlagen.
Gustav maß die Versammlung mit einem verdammen-
den Blick. Dann brauste der Sturm. Seltsam – der König, gereizt durch den Widerspruch dieser stolzen Ge-
sichter, dieser übermütigen Haltungen, dieser prun- 10
kenden Rüstungen mit dem Unadel der darunter
schlagenden Herzen, bediente sich, um den Hochmut
zu erniedrigen und das Verbrechen zu brandmarken,
absichtlich einer groben, ja bäurischen Rede, wie sie
ihm sonst nicht eigen war. 15
»Räuber und Diebe seid ihr vom ersten zum letzten!
Schande über euch! Ihr bestehlet eure Landsleute und
Glaubensgenossen! Pfui! Mir ekelt vor euch! Das Herz
gällt mir im Leibe! Für eure Freiheit habe ich meinen
Schatz erschöpft – vierzig Tonnen Goldes – und nicht 20
so viel von euch genommen, um mir eine Reithose
machen zu lassen! Ja, eher bar wär' ich geritten, als
mich aus deutschem Gute zu bekleiden! Euch schenkte
ich, was mir in die Hände fiel, nicht einen Schweine-
stall hab ich für mich behalten!« 25
Mit so derben und harten Worten beschimpfte der
König diesen Adel.
Dann einlenkend, lobte er die Bravour der Herren,
ihre untadelige Haltung auf dem Schlachtfelde und
wiederholte mehrmals: »Tapfer seid ihr, ja, das seid 30
ihr! Über euer Reiten und Fechten ist nicht zu kla-
gen!« ließ dann aber einen zweiten noch heftigeren
Zorn aufflammen: »Rebelliert ihr gegen mich«, forderte er sie heraus, »so will ich mich an der Spitze
meiner Finnen und Schweden mit euch herumhauen, 35
daß die Fetzen fliegen!«
Er schloß dann mit einer christlichen Vermahnung

und der Bitte, die empfangene Lehre zu beherzigen. Herr Erlach trocknete sich mit der Hand eine Träne. Die Herren gaben sich die Miene, es fechte sie nicht sonderlich an, aber ihre Haltung war sichtlich eine bescheidenere geworden. Einige schienen ergriffen, ja gerührt. Das deutsche Gemüt erträgt eine grobe, redliche Schelte besser als eine lahme Predigt oder einen feinen, schneidenden Hohn.

Insoweit wäre es nun gut und in der Ordnung gewesen. Da ließ der Lauenburger, halb gegen den König, halb gegen seine Standesgenossen gewendet, in nackter Frechheit ein ruchloses Wort fallen:

»Wie mag Majestät über einen Dreck zürnen? Was haben wir Herren verbrochen? Unsere Untertanen erleichtert!«

Gustav erbleichte. Er winkte dem Generalgewaltigen, der hinter der Türe lehnte.

»Lege diesem Herrn deine Hand auf die Schulter!« befahl er ihm. Der Profos trat heran, wagte aber nicht zu gehorchen; denn der Fürst hatte den Degen aus der Scheide gerissen und ein gefährliches Gemurmel lief durch den Kreis.

Gustav entwaffnete den Lauenburger, stemmte die Klinge gegen den Fuß und ließ sie in Stücke springen. Dann ergriff er die breite, behaarte Hand des Gewaltigen, legte und drückte selbst sie auf die Schulter des Lauenburgers, der wie gelähmt war, und hielt sie dort eine gute Weile fest, sprechend: »Du bist ein Reichsfürst, Bube, dir darf ich nicht an den Kragen, aber die Hand des Henkers bleibe über dir!«

Dann wandte er sich und ging. Der Profos folgte ihm mit gemessenen Schritten.

Den Pagen Leubelfing, welchen die enge stehenden Herrschaften in eine Fensternische gedrängt hatten, vor der eine schwere Damastdecke mit riesigen Quasten niederhing, hatte der Vorgang bis zu einem krampfhaften Lachen ergötzt. Nach dem blutigen

Untergange der Korinna, der ihn zugleich erschüttert und erleichtert hatte, waren ihm die von seinem Helden heruntergemachten Fürsten wie die Personen einer Komödie erschienen, ungefähr wie ein Knabe mit Vergnügen und unterdrücktem Gelächter seinen Vater, in dessen Hut er sich weiß und dessen Ansehn und Macht er bewundert, einen pflichtvergessenen Knecht schelten hört. Bei der ersten Silbe aber, welche der Lauenburger aussprach, war er zusammengeschrocken über die unheimliche Ähnlichkeit, welche die Stimme dieses Menschen mit der seinigen hatte. Derselbe Klang, dasselbe Mark und Metall. Und dieser Schreck wurde zum Grauen, als jetzt, nachdem König Gustav sich entfernt hatte, der Lauenburger eine erkünstelte Lache aufschlug und in die gellenden Worte ausbrach: »Er hat wie ein Stallknecht geschimpft, der schwedische Bauer! Donnerwetter, haben wir den heute geärgert. Pereat Gustavus! Es lebe die deutsche Libertät! Machen wir ein Spielchen, Herr Bruder, in meinem Zelt? Ich lasse ein Fäßchen Würzburger anzapfen!«, er legte seinen rechten Arm in den linken der Fürstlichkeit, die ihm zunächst stand. Dieser Herr aber zog seinen linken Arm höflich zurück und antwortete mit einer gemessenen Verbeugung: »Bedaure, Euer Liebden. Bin schon versagt.«

Sich an einen andern wendend, den Raugrafen, lud der Lauenburger ihn mit noch lustigeren und dringlicheren Worten: »Du darfst es mir nicht abschlagen, Kamerad! Du bist mir noch Revanche schuldig!« Der Raugraf aber, ein kurz angebundener Herr, wandte ihm ohne weiteres den Rücken. Sooft er seine Versuche wiederholte, so oft wurde er, und immer kürzer und derber, abgewiesen. Vor seinen Schritten und Gebärden bildete sich eine Leere und entfüllte sich der Raum.

Jetzt stand er allein in der Mitte des von allen verlassenen Gemaches. Ihm wurde deutlich, daß er fortan von seinesgleichen streng werde gemieden werden. Sein Gesicht verzerrte sich. Wütend ballte der Gebrandmarkte die Faust und drohte, sie erhebend, dem Schicksal oder dem Könige. Was er murmelte, verstand der Page nicht, aber der Ausdruck des vornehmen Kopfes war ein so teuflischer, daß der Lauscher einer Ohnmacht nahe war.

IV

In der Dämmerstunde desselben ereignisvollen Tages wurde dem Könige ein mit einem richtig befundenen Salvokondukt versehener friedländischer Hauptmann gemeldet. Es mochte sich um die Bestattung der in dem letzten Zusammenstoße Gefallenen oder sonst um ein Abkommen handeln, wie sie zwischen sich gegenüberliegenden Heeren getroffen werden.

Page Leubelfing führte den Hauptmann in das eben leere Empfangszimmer, ihn hier zu verziehen bittend; er werde ihn ansagen. Der Wallensteiner aber, ein hagerer Mann mit einem gelben, verschlossenen Gesichte, hielt ihn zurück: er ruhe gern einen Augenblick nach seinem raschen Ritte. Nachlässig warf er sich auf einen Stuhl und verwickelte den Pagen, der vor ihm stehen geblieben war, in ein gleichgültiges Gespräch.

»Mir ist«, sagte er leichthin, »die Stimme wäre mir bekannt. Ich bitte um den Namen des Herrn.« Leubelfing, der gewiß war, diese kalte und diktatorische Gebärde nie in seinem Leben mit Augen gesehen zu haben, erwiderte unbefangen: »Ich bin des Königs Page, Leubelfing von Nüremberg, Gnaden zu dienen.«

»Eine kunstfertige Stadt«, bemerkte der andere gleichgültig. »Tue mir der junge Herr den Gefallen, diesen

Handschuh – es ist ein linker – zu probieren. Man hat
mir in meiner Jugend bei den Jesuiten, wo ich erzogen
wurde, die demütige und dienstfertige Gewohnheit
eingeprägt, die sich jetzt für meine Hauptmannschaft
nicht mehr recht schicken will, verlorene und am Wege 5
liegende Gegenstände aufzuheben. Das ist mir nun so
geblieben.« Er zog einen ledernen Reithandschuh aus
der Tasche, wie sie damals allgemein getragen wurden. Nur war dieser von einer ausnahmsweisen Ele-
ganz und von einer auffallenden Schlankheit, so daß 10
ihn wohl neun Zehntel der wallensteinischen oder
schwedischen Soldatenhände hineinfahrend mit dem
ersten Ruck aus allen seinen Nähten gesprengt hätten.
»Ich hob ihn draußen von der untersten Stufe der
Freitreppe.« 15
Leubelfing, durch den kurzen Ton und die befehlende
Rede des Hauptmanns etwas gestoßen, aber ohne jedes
Mißtrauen, ergriff in gefälliger Höflichkeit den
Handschuh und zog sich denselben über die schlanken
Finger. Er saß wie angegossen. Der Hauptmann 20
lächelte zweideutig. »Er ist der Eurige«, sagte er.
»Nein, Hauptmann«, erwiderte der Page befremdet,
»ich trage kein so feines Leder.« »So gebt mir ihn zu-
rück!«, und der Hauptmann nahm den Handschuh
wieder an sich. 25
Dann erhob er sich langsam von seinem Stuhl und
verneigte sich, denn der König war eingetreten.
Dieser tat einige Schritte mit wachsendem Erstaunen,
und seine starkgewölbten, strahlenden Augen vergrö-
ßerten sich. Dann richtete er an den Gast die zögern- 30
den Worte: »Ihr hier, Herr Herzog?« Er hatte den
Friedländer nie von Angesicht gesehen, aber oft dessen
überallhin verbreitete Bildnisse betrachtet, und der
Kopf war so eigentümlich, daß man ihn mit keinem
andern verwechseln konnte. Wallenstein bejahte mit 35
einer zweiten Verneigung.
Der König erwiderte sie mit ernster Höflichkeit: »Ich

grüße die Hoheit und stehe zu Diensten. Was wollet
Ihr von mir, Herzog?« Er winkte den Pagen mit einer
Gebärde weg.

Leubelfing flüchtete sich in seine anliegende Kammer,
5 welche, ärmlich ausgerüstet, ein schmaler Riemen,
zwischen dem Empfangszimmer und dem Schlafge-
mach des Königs, dem ruhigsten des Hauses, lag. Er
war erschreckt, nicht durch die Gegenwart des ge-
fürchteten Feldherrn, sondern durch das Unheimliche
10 dieses späten Besuches. Ein dunkles Gefühl zwang
ihn, denselben mit seinem Schicksale in Zusammenhang zu bringen.

Mehr von Angst als von Neugierde getrieben, öffnete
er leise einen tiefen Schrank, aus welchem er – wenn
15 es gesagt werden muß – durch eine Wandspalte den
König schon einmal – nur einmal – belauscht hatte,
um ihn ungestört und nach Herzenslust zu betrachten.
Daß sein Auge und abwechselnd sein Ohr jetzt die
Spalte nicht mehr verließ, dafür sorgte der seltsame
20 Inhalt des belauschten Gespräches.

Die sich Gegenübersitzenden schwiegen eine Weile,
sich betrachtend, ohne sich zu fixieren. Sie wußten,
daß, nachdem die das Schicksal Deutschlands bestim-
mende Schachpartie mit vieldeutigen Zügen und ver-
25 deckten Plänen begonnen und sich auf allen Feldern
verwickelt hatte, vor der entscheidenden, eine neue
Lage der Dinge schaffenden Schlacht das unterhan-
delnde Wort nicht am Platze und ein Übereinkommen
unmöglich sei. Diesem Gefühle gab der Friedländer
30 Ausdruck. »Majestät«, sagte er, »ich komme in einer
persönlichen Angelegenheit.« Gustav lächelte kühl
und verbindlich. Der Friedländer aber begann:
»Ich pflege im Bette zu lesen, wann mich der Schlaf
meidet. Gestern oder heute früh fand ich in einem
35 französischen Memoirenwerke eine unterhaltende Geschichte. Eine wahrhaftige Geschichte mit wörtlicher
Angabe der gerichtlichen Deposition des Admirals –

ich meine den Admiral Coligny, den ich als Feldherrn
zu schätzen weiß. Ich erzähle sie mit der Erlaubnis
der Majestät. Bei dem Admiral trat eines Tages ein
Partisan ein, Poltrot oder wie der Mensch hieß. Wie
ein halb Wahnsinniger warf er sich auf einen Stuhl   5
und begann ein Selbstgespräch, worin er sich über den
politischen und militärischen Gegner des Admirals,
Franz Guise, leidenschaftlich äußerte und davon
redete, den Lothringer aus der Welt zu schaffen. Es
war, wie gesagt, das Selbstgespräch eines Geistesab-   10
wesenden, und es stand bei dem Admiral, welchen
Wert er darauf legen wollte – ich möchte die Szene
einem Dramatiker empfehlen, sie wäre wirksam. Der
Admiral schwieg, da er das Gerede des Menschen für
eine leere Prahlerei hielt, und Franz Guise fiel, von   15
einer Kugel –«
»Hat Coligny so gehandelt«, unterbrach der König,
»so tadle ich ihn. Er tat unmenschlich und unchrist-
lich.«
»Und unritterlich«, höhnte der Friedländer kalt.   20
»Zur Sache, Hoheit«, bat der König.
»Majestät, etwas Ähnliches ist mir heute begegnet, nur
hat der zum Mord sich Erbietende eine noch künst-
lichere Szene ins Werk gesetzt. Einer der Eurigen
wurde gemeldet, und da ich eben beschäftigt war, ließ   25
ich ihn in das Nebenzimmer führen. Als ich eintrat,
war er in der schwülen Mittagsstunde entschlummert
und sprach heftig im Traume. Nur wenige gestam-
melte Worte, aber ein Zusammenhang ließ sich erraten. Wenn ich daraus klug geworden bin, hätte ihn   30
Eure Majestät, ich weiß nicht womit, tödlich beleidigt,
und er wäre entschlossen, ja genötigt, den König von
Schweden umzubringen um jeden Preis, oder wenigstens um einen anständigen Preis, was ihm leicht sein
werde, da er in der Nähe der Majestät und in deren   35
täglichem Umgang lebe. Ich weckte dann den Träu-
menden, ohne ein Wort mit ihm zu verlieren, wenn

nicht, daß ich nach seinem Begehr fragte. Es handelte
sich um Auskunft über einen schon vor Jahren in kai-
serlichem Dienste verschollenen Rheinländer, ob er
noch lebe oder nicht. Eine Erbsache. Ich gab Bescheid
und entließ den Listigen. Nach seinem Namen fragte
ich ihn nicht; er hätte mir einen falschen angegeben.
Ihn aber auf das Zeugnis abgerissener Worte einer ge-
stammelten Traumrede zu verhaften wäre untunlich
und eine schreiende Ungerechtigkeit gewesen.«
»Freilich«, stimmte der König bei.
»Majestät«, sprach der Friedländer, jede Silbe schwer
betonend, »du bist gewarnt!«
Gustav sann. »Ich will meine Zeit nicht damit verlieren und mein Gemüt nicht damit vergiften«, sagte er,
»so zweifelhaften und verwischten Spuren nachzu-
gehen. Ich stehe in Gottes Hand. Hat die Hoheit
keine weiteren Zeugen oder Indizien?«
Der Friedländer zog den Handschuh hervor. »Mein
Ohr und diesen Lappen da! Ich vergaß, der Majestät
zu sagen, daß der Träumer schlank war und ein ganz
charakterloses, nichtssagendes Gesicht, offenbar ein
jener eng anschließenden Larven trug, wie sie in Ve-
nedig mit der größten Kunst verfertigt werden. Aber
seine Stimme war angenehm markig, ein Bariton oder
tiefer Alt, nicht unähnlich der Stimme Eures Pagen,
und der Handschuh, der ihm entfiel und bei mir liegen
blieb, sitzt selbigem Herrn wie angegossen.«
Der König lachte herzlich. »Ich will mein schlum-
merndes Haupt in den Schoß meines Leubelfings
legen«, beteuerte er.
»Auch ich«, erwiderte der Friedländer, »kann den
jungen Menschen nicht beargwöhnen. Er hat ein gutes,
ehrliches Gesicht, dasselbe kecke Bubengesicht, womit
meine barfüßigen böhmischen Bauernmädchen herum-
laufen. Doch, Majestät, ich bürge für keinen Menschen. Ein Gesicht kann täuschen, und – täuschte es
nicht – ich möchte keinen Pagen um mich sehen, wäre

es mein Liebling, dessen Stimme klingt wie die Stimme meines Hassers, und dessen Hand dasselbe Maß hat wie die Hand meines Meuchlers. Das ist dunkel. Das ist ein Verhängnis. Das kann verderben.«

Gustav lächelte. Er mochte sich denken, daß der großartige Emporkömmling jetzt, da er durch seinen ungeheuerlichen Pakt mit dem Habsburger das Reich des Unausführbaren und Schimärischen betreten hatte, mehr als je allen Arten von Aberglauben huldigte. Den innern Widerspruch durchschauend zwischen dem Glauben an ein Fatum und den Versuchen, dieses Fatum zu entkräften, wollte der seines lebendigen Gottes Gewisse mit keinem Worte, nicht mit einer Andeutung ein Gebiet berühren, wo das Blendwerk der Hölle, wie er glaubte, sein Spiel trieb. Er ließ das Gespräch fallen und erhob sich, dem Herzoge für sein loyales Benehmen dankend. Doch griff er dabei nach dem Handschuh, welchen der Friedländer nachlässig auf ein zwischen ihnen stehendes Tischchen geworfen hatte, aber mit einer so kurzsichtigen Gebärde, daß sie dem scharf blickenden Wallenstein, der sich gleichfalls erhoben hatte, seinerseits ein unwillkürliches Lächeln abnötigte.

»Ich sehe mit Vergnügen«, scherzte der König, den Friedländer gegen die Türe begleitend, »daß die Hoheit um mein Leben besorgt ist.«

»Wie sollt' ich nicht?« erwiderte dieser. »Ob sich die Majestät und ich mit unsern Armaden bekriegen, gehören die Majestät und ich« – der Herzog wich höflich einem »wir« aus – »dennoch zusammen. Einer ist undenkbar ohne den andern und« – scherzte er seinerseits – »stürzte die Majestät oder ich von dem einen Ende der Weltschaukel, schlüge das andere unsanft zu Boden.«

Wieder sann der König und kam unwillkürlich auf die Vermutung, irgendeine himmlische Konjunktur, eine Sternstellung habe dem Friedländer ihre beiden Todes-

stunden im Zusammenhange gezeigt, eine der anderen
folgend mit verstohlenen Schritten und verhülltem
Haupte. Seltsamerweise gewann diese Vorstellung
trotz seines Gottvertrauens plötzlich Gewalt über ihn.
5 Jetzt fühlte der christliche König, daß die Atmosphäre des Aberglaubens, welche den Friedländer um-
gab, ihn anzustecken beginne. Er tat wieder einen
Schritt gegen den Ausgang.

»Die Majestät«, endete der Friedländer fast gemütlich
10 seinen Besuch, »sollte sich wenigstens ihrem Kinde erhalten. Die Prinzeß lernt brav, wie ich höre, und ist
der Majestät an das Herz gewachsen. Wenn man keine
Söhne hat! Ich bin auch solch ein Mädchenpapa!« Damit empfahl sich der Herzog.

15 Noch sah der Page, welchem das belauschte Gespräch
wie ein Gespenst die Haare zu Berge getrieben hatte,
daß Gustav sich in seinen Sessel warf und mit dem
Handschuh spielte. Er entfernte das Auge von der
Spalte, und in die Kammer zurückwankend, warf er
20 sich neben dem Lager nieder, den Himmel um die Be-
wahrung seines Helden anflehend, dem seine bloße
Gegenwart – wie der Friedländer meinte und er selbst
nun zu glauben begann – ein geheimnisvolles Unheil
bereiten konnte. »Was es mich koste«, gelobte sich der
25 Verzweifelnde, »ich will mich von ihm losreißen, ihn
von mir befreien, damit ihn meine unheimliche Nähe
nicht verderbe.«

Da er ungerufen blieb, schlich er sich erst wieder zum
Könige in jener Freistunde, welche dann zu ihrer grö-
30 ßern Hälfte in gleichgültigem Gespräche verfloß.
Wenn nicht, daß der König einmal hinwarf: »Wo
hast du dich heute gegen Mittag umgetrieben, Leubelfing? Ich rief dich und du fehltest.« Der Page antwortete dann der Wahrheit gemäß: er habe mit dem
35 Bedürfnis, nach den erschütternden Szenen des Morgens freie Luft zu schöpfen, sich auf das Roß geworfen und es in der Richtung des wallensteinischen La-

gers, fast bis in die Tragweite seiner Kanonen getummelt. Er wollte sich einen freundlichen Verweis des Königs zuziehen, doch dieser blieb aus. Wieder nahm das Gespräch eine unbefangene Wendung, und jetzt schlug die zehnte Stunde. Da hob Gustav mit einer zerstreuten Gebärde den Handschuh aus der Tasche, und ihn betrachtend, sagte er: »Dieser ist nicht der meinige. Hast du ihn verloren, Unordentlicher, und ich ihn aus Versehen eingesteckt? Laß schauen!« Er ergriff spielend die linke Hand des Pagen und zog ihm das weiche Leder über die Finger. »Er sitzt«, sagte er.
Der Page aber warf sich vor ihm nieder, ergriff seine Hände und überströmte sie mit Tränen. »Lebe wohl«, schluchzte er, »mein Herr, mein alles! Dich behüte Gott und seine Scharen!« Dann jählings aufspringend, stürzte er hinaus wie ein Unsinniger. Gustav erhob sich, rief ihn zurück. Schon aber erklang der Hufschlag eines galoppierenden Pferdes und — seltsam — der König ließ weder in der Nacht noch am folgenden Tage Nachforschungen über die Flucht und über das Verbleiben seines Pagen anstellen. Freilich hatte er alle Hände voll zu tun; denn er hatte beschlossen, das Lager bei Nüremberg aufzuheben.

Leubelfing hatte den gestreckten Lauf seines Tieres nicht angehalten, dieses ermüdete von selbst am äußersten Lagerende. Da beruhigten sich auch die erregten Sinne des Reiters. Der Mond schien taghell, und das Roß ging im Schritt. Bei klarerer Überlegung erkannte jetzt der Flüchtling im Dunkel jenes Ereignisses, das ihn von der Seite des Königs vertrieben hatte, mit den scharfen Augen der Liebe und des Hasses seinen Doppelgänger. Es war der Lauenburger. Hatte er nicht gesehen, wie der Gebrandmarkte die Faust gegen die Gerechtigkeit des Königs geballt hatte? Besaß der Gestrafte nicht den Scheinklang seiner Stimme? War

er selbst nicht Weibes genug, um in jenem fürchter-
lichen Augenblicke die Kleinheit der geballten fürst-
lichen Faust bemerkt zu haben? Gewiß, der Lauenburger sann Rache, sann Mord gegen das geliebte
5 Haupt. Und in dieser Stunde unheimlicher Verfolgung
und Beschleichung seines Königs hatte sich Leubelfing
aus der Nähe des Bedrohten verbannt. Eine unend-
liche Sorge für das Liebste, was er besessen, preßte
ihm das Herz zusammen und löste sich bei dem Ge-
10 danken, daß er es nicht mehr besitze, in ein beklom-
menes Schluchzen und dann in unbändig stürzende
Tränen. Eine schwedische Wacht, ein Musketier mit
schon ergreistem Knebelbarte, der den schlanken Reiter weinen sah, verzog den Mund zu einer lustigen
15 Grimasse, fragte dann aber gutmütig: »Sinnt der junge
Herr nach Hause?« Leubelfing nahm sich zusammen,
und langsam weiterreitend entschloß er sich mit jener
Keckheit, die ihm die Natur gegeben und das
Schlachtfeld verdoppelt hatte, nicht aus dem Lager
20 zu weichen. »Der König wird es abbrechen«, sagte er
sich, »ich komme in einem Regiment unter und bleibe
während der Märsche und Ermüdungen unbekannt!
Dann die Schlacht!«
Jetzt gewahrte er einen Oberst, welcher die Lager-
25 straßen wachsam abritt. Das Licht des Mondes war
so kräftig, daß man einen Brief dabei hätte entziffern
können. So erkannte er auf den ersten Blick einen
Freund seines Vaters, denselben, welcher dem Hauptmann Leubelfing in dem für ihn tödlichen Duell se-
30 kundiert hatte. Er trieb seinen Fuchs zu der Linken
des Schweden. Der Oberst, der in der letzten Zeit
meist auf Vorposten gelegen, betrachtete den jungen
Reiter aufmerksam. »Entweder ich irre mich«, begann
er dann, »oder ich habe Euer Gnaden, wenn auch auf
35 einige Entfernung, als Pagen neben dem Könige reiten
sehen? Wahrlich, jetzt erkenne ich Euch wieder, ob
Ihr auch etwas mondenblaß und schwermütig aus-

schaut.« Dann, plötzlich von einer Erinnerung über-
rascht: »Seid Ihr ein Nüremberger«, fuhr er fort,
»und mit dem seligen Hauptmann Leubelfing ver-
wandt? Ihr gleichet ihm zum Erschrecken, oder eigentlich seinem Kinde, dem Wildfang, der Gustel, die bis   5
in ihr sechzehntes Jahr mit uns geritten ist. Doch Mon-
denlicht trügt und hext. Steigen wir ab. Hier ist mein
Zelt.« Und er übergab sein Roß und das des Pagen
einem ihn erwartenden Diener mit plattgedrückter
Nase und breitem Gesichte, welcher seinen Gebieter   10
mit einem gutmütigen, stupiden Lächeln empfing.
»Mache sich's der Herr bequem«, lud der Alte den
Pagen ein, ihm einen Feldstuhl bietend und sich auf
seinen harten Schragen niederlassend. Zwei Windlich-
ter gaben eine schwankende Helle.   15
Jetzt fuhr der Oberst ohne Zeremonie mit seiner breiten, ehrlichen Hand dem Pagen durch das Haar. Auf
der bloßgelegten Stirnhöhe wurde eine alte, aber tief-
eingeschnittene Narbe sichtbar. »Gustel, du Narre«,
brach er los, »meinst, ich hätt's vergessen, wie dich   20
das ungrische Fohlen, die Hinterhufen aufwerfend,
über seinen Starrkopf schleuderte, daß du durch die
Luft flogest und wir dreie dich für tot auflasen, die
heulende Mutter, der Vater blaß wie ein Geist und ich
selber herzlich erschrocken? Ein perfekter Soldat, der   25
selige Leubelfing, mein bester Hauptmann und mein
Herzensfreund! Nur ein bißchen toll, wie du es auch
sein wirst, Gustel! Alle Wetter, Kind, wie lange schon
treibst du dein Wesen um den König? Schaust übrigens
akkurat wie ein Bube! Hast dir das blonde Kraushaar   30
im Nacken wegrasiert, Kobold?«, und er zupfte sie.
»Mach dir nur nicht vor, du seiest das einzige Weibs-
bild im Lager! Sieh dir mal den Jakob Erichson an,
meinen Kerl!« Der Bursche trat eben mit Flaschen und
Gläsern ein. »Ein Mann wie du! Keine Angst, Gustel!   35
Er hat nicht *ein* deutsches Wort erlernen können. Dazu ist er viel zu dumm. Aber ein kreuzbraves, gottes-

fürchtiges Weib! Und garstig! Übrigens die einfachste
Geschichte von der Welt, Gustel: sieben Schreihälse,
der Ernährer ausgehoben, sein Weib für ihn eintretend.
Der denkbar beste Kerl! Ich könnte ihn nur gar nicht
mehr entbehren!«
Der Page betrachtete das brave Geschöpf mit ent-
schiedenem Widerwillen, während der Oberst weiter
polterte. »Alle Wege ein starkes Stück, Gustel, neben
dem Könige dich einzunisten, der die Weibsen in
Mannstracht verabscheut! Hast eine Fabel gespielt,
was sie auf den Bänken von Upsala ein Monodrama
nennen, wenn eine Person für sich mutterseelenallein
jubelt, fürchtet, verzagt, empfindet, tragiert, imagi-
niert! Und hast dir Gott weiß wieviel darauf einge-
bildet, ohne daß eine sterbliche Seele etwas davon
wußte oder sich einen Deut darum bekümmerte. Du
blickst unmutig? Halsgefährlich, Kind, war es gerade
nicht! Wurdest du entlarvt: ›Pack dich, dummes
Ding!‹ hätte er dich gescholten und den nächsten
Augenblick an etwas anderes gedacht. Ja, wenn dich
die Königin demaskiert hätte! Puh! Nun sag ich: man
soll die Kinder nicht küssen! So'n Kuß schläft und
lodert wieder auf, wann die Lippen wachsen und
schwellen. Und wahr ist's und bleibt's, der König hat
dich mir einmal von den Armen genommen, Patchen,
und hat dich geherzt und abgeküßt, daß es nur so
klatschte! Denn du warest ein keckes und hübsches
Kind.« Der Page wußte nichts mehr von dem Kuß,
aber er empfand ihn wild errötend.
»Und nun, Wildfang, was soll werden?« Er sann einen
Augenblick. »Kurz und gut, ich trete dir mein zweites
Zelt ab! du wirst mein Galopin, gibst mir dein Ehrenwort, nicht auszureißen, und reitest mit mir bis zum
Frieden. Dann führ ich dich heim nach Schweden in
mein Gehöft bei Gefle. Ich bin einzeln. Meine zwei
Jüngern, der Axel und der Erich –«, er zerdrückte
eine Träne. »Für König und Vaterland!« sagte er.

»Der überbliebene Älteste lebt mir in Falun, ein Diener am Wort mit einer fetten Pfründe. Da hast du
dann die Wahl zwischen uns beiden.« Page Leubelfing
gelobte seinem Paten, was er sich selbst schon gelobt
hatte, und erzählte ihm darauf sein vollständiges 5
Abenteuer mit jenem Wahrheitsbedürfnis, das sich
nach lange getragener Larve so gebieterisch meldet
wie Hunger und Durst nach langem Fasten.
Der Alte dachte sich seine Sache und erlustigte sich
dann besonders an dem Vetter Leubelfing, dessen 10
Konterfei er sich von dem Pagen entwerfen ließ. »Der
Flachskopf«, philosophierte er, »kann nichts dafür,
eine Memme zu sein. Es liegt in den Säften. Auch
mein Sohn, der Pfarrer in Falun, ist ein Hase. Er hat
es von der Mutter.« 15

Von Sommerende bis nach beendigter Lese und bis an
einem frostigen Morgen die ersten dünnen Flocken
über der Heerstraße wirbelten, ritt Page Leubelfing in
Züchten neben seinem Paten, dem Obersten Ake Tott,
in die Kreuz und Quer, wie es die Wechselfälle eines 20
Feldzuges mit sich bringen. Dem Hauptquartier und
dem Könige begegnete er nicht, da der Oberst meist
die Vor- oder Nachhut führte. Aber Gustav Adolf
füllte die Augen seines Geistes, wenn auch in verklär-
ter und unnahbarer Gestalt, jetzt da er aufgehört 25
hatte, ihm durch die Locken zu fahren, und der Page
den Gebieter nachts nicht mehr an seiner Seite, nur
durch eine dünne Wand getrennt, sich umwenden und
sich räuspern hörte. Da geschah es zufällig, daß Leubelfing seinen König wieder mit Augen sah. Es war 30
auf dem Marktplatze von Naumburg, wo sich der
Page eines Einkaufs halber verspätet hatte und eben
seinem Obersten nachsprengen wollte, welcher, dieses
Mal die Vorhut befehligend, die Stadt schon verlassen
hatte. Von einer immer dichter werdenden Menge mit 35
seinem Roß gegen die Häuser zurückgedrängt, sah er

auf dem engen Platze ein Schauspiel, wie ein ähnliches
nur erst einmal menschlichen Augen sich gezeigt hatte,
da vor vielen hundert Jahren der Friedestifter auf
einer Eselin Einzug hielt in Jerusalem. Freilich saß
5 Gustav auf seinem stattlichen Streithengst, von ge-
harnischten Hauptleuten auf mutigen Tieren umringt;
aber Hunderte von leidenschaftlichen Gestalten, Wei-
ber, die mit beiden gehobenen Armen ihre Kinder
über die jubelnden Häupter emporhielten, Männer,
10 welche die Hände streckten, um die Rechte Gustavs
zu ergreifen und zu drücken, Mägde, die nur seine
Steigbügel küßten, geringe Leute, die sich vor ihm auf
die Knie warfen, ohne Furcht vor dem Hufschlag seines Tieres, das übrigens sanft und ruhig schritt, ein
15 Volk in kühnen und von einem Sturm der Liebe und
der Begeisterung ergriffenen Gruppen umwogte den
nordischen König, der ihm seine geistigen Güter gerettet hatte. Dieser, sichtlich gerührt, neigte sich von
seinem Rosse herab zu dem greisen Ortsgeistlichen,
20 der ihm dicht vor den Augen Leubelfings die Hand
küßte, ohne daß er es verwehren konnte, und sprach
überlaut: »Die Leute ehren mich wie einen Gott! Das
ist zuviel und gemahnt mich an mein Ende. Prediger,
ich reite mit der heidnischen Göttin Viktoria und mit
25 dem christlichen Todesengel!«
Dem Pagen quollen die Tränen. Als er aber gegenüber
an einem Fenster die Königin erblickte und ihr der
König einen zärtlichen Abschied zuwinkte, schwoll
ihm der Busen von einer brennenden Eifersucht.
30 Kaum eine Woche später, als die schwedischen Scharen auf dem blachen Felde von Lützen sich zusam-
menzogen, marschierte Ake Tott seitwärts unweit des
Wagens, darin der König fuhr. Da erblickte Leubelfing einen Raubvogel, der unter zerrissenen Wolken
35 schwebend auf das hartnäckigste sich über der könig-
lichen Gruppe hielt und durch die Schüsse des Gefol-
ges sich nicht erschrecken und nicht vertreiben ließ.

Er gedachte des Lauenburgers, ob seine Rache über Gustav Adolf schwebe. Das arme Herz des Pagen ängstigte sich über alles Maß. Wie es frühe dunkelte, wuchs seine Angst, und da es finster geworden war, gab er, sein Ehrenwort brechend, dem Rosse die Sporen und verschwand aus den Augen des ihm »treubrüchiger Bube!« nachrufenden Obersten.

In unaufhaltsamem Ritte erreichte er den Wagen des Königs und mischte sich unter das Gefolge, das am Vorabende der erwarteten großen Schlacht ihn nicht zu bemerken oder sich nicht um ihn zu kümmern schien. Der König gedachte dann die Nacht in seinem Wagen zuzubringen, wurde aber durch die Kälte genötigt, auszusteigen und in einem bescheidenen Bauerhause ein Unterkommen zu suchen. Mit Tagesanbruch drängten sich in der niedrigen Stube, wo der König schon über seinen Karten saß, die Ordonnanzen. Die Aufstellung der Schweden war beendigt. Es begann die der deutschen Regimenter. Page Leubelfing hatte sich, von dem Kammerdiener des Königs, der ihm wohlwollte, erkannt und nicht zur Rede gestellt, den in seinem Gestick das schwedische Wappen tragenden Schemel wieder erobert, auf welchem er sonst neben dem Könige gesessen, und sich in einer Ecke niedergelassen, wo er hinter den wechselnden kriegerischen Gestalten verborgen blieb.

Der König hatte jetzt seine letzten Befehle gegeben und war in der wunderbarsten Stimmung. Er erhob sich langsam und wendete sich gegen die Anwesenden, lauter Deutsche, unter ihnen mehr als einer von denjenigen, welche er im Lager bei Nüremberg mit so harten Worten gezüchtigt hatte. Ob ihn schon die Wahrheit und die Barmherzigkeit jenes Reiches berührte, dem er sich nahe glaubte? Er winkte mit der Hand und sprach leise, fast wie träumend, mehr mit den geisterhaften Augen als mit dem kaum bewegten Munde:

»Herren und Freunde, heute kommt wohl mein Stündlein. So möcht ich Euch mein Testament hinterlassen.
Nicht für den Krieg sorgend – da mögen die Leben-
den zusehen. Sondern – neben meiner Seligkeit – für
5 mein Gedächtnis unter Euch! – Ich bin über Meer gekommen mit allerhand Gedanken, aber alle überwog,
ungeheuchelt, die Sorge um das reine Wort. Nach der
Viktorie von Breitenfeld konnte ich dem Kaiser einen
läßlichen Frieden vorschreiben und nach gesichertem
10 Evangelium mit meiner Beute mich wie ein Raubtier
zwischen meine schwedischen Klippen zurückziehen.
Aber ich bedachte die deutschen Dinge. Nicht ohne
ein Gelüst nach Eurer Krone, Herren! Doch, ungeheuchelt, meinen Ehrgeiz überwog die Sorge um das
15 Reich! Dem Habsburger darf es unmöglich länger gehören, denn es ist ein evangelisches Reich. Doch Ihr
denket und sprechet: ein fremder König herrsche nicht
über uns! Und Ihr habet recht. Denn es steht geschrie-
ben: der Fremdling soll das Reich nicht ererben. Ich
20 aber dachte letztlich an die Hand meines Kindes und
an einen Dreizehnjährigen ...« Sein leises Reden
wurde überwältigt von dem stürmischen Gesange eines
thüringischen Reiterregimentes, das, vor dem Quartier
des Königs vorbeiziehend, mit Begeisterung die Worte
25 betonte:

> »Er wird durch einen Gideon,
> Den er wohl weiß, dir helfen schon ...«

Der König lauschte, und ohne seine Rede zu beendi-
gen, sagte er: »Es ist genug, alles ist in Ordnung«, und
30 entließ die Herren. Dann sank er auf das Knie und
betete.
Da sah der Page Leubelfing mit einem rasenden Herz-
klopfen, wie der Lauenburger eintrat. Als ein gemeiner
Reiter gekleidet, näherte er sich in kriechender und
35 zerknirschter Haltung und reckte die Hände flehend
gegen den König aus, der sich langsam erhob. Jetzt

warf er sich vor ihm nieder, umfing seine Knie,
schluchzte und schrie ihn an mit den beweglichen
Worten des verlorenen Sohnes: »Vater, ich habe gesündigt in den Himmel und vor dir!« und wiederum:
»Ich habe gesündigt in den Himmel und vor dir, ich 5
bin hinfort nicht mehr wert, daß ich dein Sohn heiße!«,
und er neigte das reuige Haupt. Der König aber hob
ihn vom Boden und schloß ihn in seine Arme.
Vor den entsetzten Augen des Pagen schwammen die
sich umschlungen Haltenden wie in einem Nebel. 10
»War das, konnte das die Wahrheit sein? Hatte die
Heiligkeit des Königs an einem Verworfenen ein
Wunder gewirkt? Oder war es eine satanische Larve?
Mißbrauchte der ruchloseste der Heuchler die Worte
des reinsten Mundes?« So zweifelte sie mit irren Sin- 15
nen und hämmernden Schläfen. Der Augenblick ver-
rann. Die Pferde wurden gemeldet, und der König
rief nach seinem Lederwams. Der Kammerdiener erschien, in der Linken den verlangten Gegenstand, in
der Rechten aber einen an der Halsöffnung gefaßten 20
blanken Harnisch haltend. Da entriß ihm der Page
den kugelfesten Panzer und machte Miene, dem König behilflich zu sein, denselben anzulegen. Dieser
aber, ohne über die Gegenwart des Pagen erstaunt zu
sein, weigerte sich mit einem unbeschreiblich freund- 25
lichen Blick und fuhr Leubelfing durch das krause
Stirnhaar, wie er zu tun pflegte. »Gust«, sagte er,
»das geht nicht. Er drückt. Gib das Wams.«
Kurz nachher sprengte der König davon, links und
rechts hinter sich den Lauenburger und seinen Pagen 30
Leubelfing.

V

In der Pfarre des hinter der schwedischen Schlacht-
linie liegenden Dorfes Meuchen saß gegen Mitternacht
der verwitwete Magister Todänus hinter seiner Folio-
bibel und las seiner Haushälterin, Frau Ida, einer zar-
ten und ebenfalls verwitweten Person, die Bußpsal-
men Davids vor. Der Magister – übrigens ein wehr-
hafter Mann mit einem derben, grauen Knebelbarte,
der ein paar Jugendjahre unter den Waffen verlebt –
betete dann inbrünstig mit Frau Ida für die Erhaltung
des protestantischen Helden, der eben jetzt in kleiner
Entfernung das Schlachtfeld, er wußte nicht, ob be-
hauptet oder verloren hatte. Da pochte es heftig an
das Hoftor, und die geistergläubige Frau Ida erriet,
daß sich ein Sterbender melde.
Es war so. Dem öffnenden Pfarrer wankte ein junger
Mensch entgegen, bleich wie der Tod, mit weit geöff-
neten Fieberaugen, barhaupt, an der Stirn eine klaf-
fende Wunde. Hinter ihm hob ein anderer einen Toten
vom Pferde, einen schweren Mann. In diesem erkannte
der Pfarrer trotz der entstellenden Wunden den König von Schweden, welchen er in Leipzig einziehen
gesehen und dessen wohlgetroffener Holzschnitt hier
in seinem Zimmer hing. Tief ergriffen bedeckte er das
Gesicht mit den Händen und schluchzte.
In fieberischer Geschäftigkeit und mit hastiger Zunge
begehrte der verwundete Jüngling, daß sein König im
Chor der anstoßenden Kirche aufgebahrt werde. Zuerst aber forderte er laues Wasser und einen
Schwamm, um das Haupt voll Blut und Wunden zu
reinigen. Dann legte er mit der Hilfe des Gefährten
den Toten, welcher seinen Armen zu schwer war, auf
ein ärmliches Ruhebett, sank daran nieder und betrachtete das wachsfarbene Antlitz liebevoll. Als er es
aber mit dem Schwamm berühren wollte, wurde er
ohnmächtig und glitt vorwärts auf den Leichnam.

51

Sein Gefährte hob ihn auf, sah näher zu und bemerkte
außer der Stirnwunde eine zweite, eine Brustwunde.
Durch einen frischen Riß im Rocke neben einem über
dem Herzen liegenden geflickten Risse sickerte Blut.
Das Gewand seines Kameraden vorsichtig öffnend, 5
traute der schwedische Kornett seinen Augen nicht.
»Hol mich! straf mich!« stotterte er, und Frau Ida,
welche die Schüssel mit dem Wasser hielt, errötete
über und über.
In diesem Augenblick wurde die Tür aufgerissen, und 10
der Oberst Ake Tott trat herein. In Proviantsachen
rückwärts gesendet, war er nach verrichtetem Ge-
schäfte dem Schlachtfelde wieder zugeeilt und hatte
in der Dorfgasse, vor dem Kruge ein Glas Brannt-
wein stürzend, die Mär vernommen von einem im 15
Sattel wankenden Reiter, der einen Toten vor sich
auf dem Pferde gehalten.
»Ist es wahr, ist es möglich?« schrie er und stürzte auf
seinen König zu, dessen Hand er ergriff und mit Tränen benetzte. Nach einer Weile sich umwendend, er- 20
blickte er den Jüngling, welcher in einem Lehnsessel
ausgestreckt lag, seiner Sinne unmächtig. »Alle Teufel«, rief er zornig, »so hat sich die Gustel doch wieder an den König gehängt!«
»Ich fand den jungen Herrn, meinen Kameraden«, 25
bemerkte der Kornett vorsichtig, »wie er, den toten
König vor sich auf dem Pferde haltend, über das
Schlachtfeld sprengte. Er hat sich für die Majestät ge-
opfert!«
»Nein, für mich!« unterbrach ihn ein langer Mensch 30
mit einem Altweibergesicht. Es war der Kaufherr
Laubfinger. Um eine beträchtliche, durch den Krieg
gefährdete Schuld einzutreiben, hatte er sich aus dem
sichern Leipzig herausgewagt und unwissend dem
Schlachtfelde genähert. In die von Gepäckwagen ge- 35
staute Dorfgasse geraten, war er dann dem Obersten
nachgegangen, ihn um eine salva guardia zu ersuchen.

In einem überströmenden Gefühle von Dankbarkeit und von Erleichterung erzählte er jetzt den Anwesenden umständlich die Geschichte seiner Familie. »Gustel, Gustel«, weinte er, »kennst du noch dein leib-
5 liches Vetterchen? Wie kann ich dir's bezahlen, was du für mich getan hast?«

»Damit, Herr, daß Ihr das Maul haltet!« fuhr ihn der Oberst an.

Der Pfarrer aber trat in das Mittel und sprach mit
10 ruhigem Ernst: »Herrschaften, Ihr kennt diese Welt. Sie ist voller Lästerung.« Frau Ida seufzte. »Und da am meisten, wo ein großer und reiner Mensch eine große und reine Sache vertritt. Würde der leiseste Argwohn dieses Andenken trüben« – er zeigte den
15 stillen König – »welches Fabelgeschöpf würde nicht die papistische Verleumdung aus dieser armen Mücke machen«, und er deutete auf den ohnmächtigen Pagen, »die sich die Flügel an der Sonne des Ruhmes verbrannt hat! Ich bin wie von meinem Dasein über-
20 zeugt, daß der selige König von diesem Mädchen nichts wußte.«

»Einverstanden, geistlicher Herr«, schwur der Oberst, »auch ich bin davon, wie von meiner Seligkeit nicht durch die Werke, sondern durch den Glauben über-
25 zeugt.«

»Sicherlich«, bestätigte Laubfinger. »Sonst hätte der König sie heimgeschickt und auf mich gefahndet.«

»Hol mich, straf mich!« beteuerte der Kornett, und Frau Ida seufzte.

30 »Ich bin ein Diener am Wort, Ihr traget graues Haar, Herr Oberst, Ihr, Kornett, seid ein Edelmann, es liegt in Eurem Nutzen und Vorteil, Herr Laubfinger, für Frau Ida bürge ich: wir schweigen.«

Jetzt öffnete der Page die sterbenden Augen. Sie irr-
35 ten angstvoll umher und blieben auf Ake Tott haften: »Pate, ich habe dir nicht gehorsamt, ich konnte nicht – ich bin eine große Sünderin.«

»Ein großer Sünder«, unterbrach sie der Pfarrer
streng. »Ihr redet irre! Ihr seid der Page August Leubelfing, ehelicher Sohn des nürembergischen Patriziers
und Handelsherrn Arbogast Leubelfing, geboren den
und den, Todes verblichen den siebenten November   5
eintausendsechshundertzweiunddreißig an seinen Tages vorher in der Schlacht bei Lützen empfangenen
Wunden, pugnans cum rege Gustavo Adolpho.«
»Fortiter pugnans!« ergänzte der Kornett begeistert.
»So will ich auf Euren Grabstein setzen! Jetzt aber   10
machet Euern Frieden mit Gott! Euer Stündlein ist
gekommen.« Der Magister sagte das nicht ohne Härte,
denn er konnte seinen Unmut gegen das abenteuer-
liche Kind, das den Ruf seines Helden gefährdet hatte,
nicht verwinden, ob es schon in den letzten Zügen   15
lag.
»Ich kann jetzt noch nicht sterben, ich habe noch viel
zu reden!« röchelte der Page. »Der König . . . im Nebel . . . die Kugel des Lauenburgers —« der Tod schloß
ihr den Mund, aber er konnte sie nicht hindern, mit   20
einer letzten Anstrengung der brechenden Augen das
Antlitz des Königs zu suchen.
Jeder der Anwesenden zog seinen Schluß und ergänzte
den Satz nach seiner Weise. Der geistesgegenwärtige
Pfarrer aber, dessen Patriotismus es beleidigte, den   25
Retter Deutschlands und der protestantischen Sache
– für ihn ein und dasselbe – von einem deutschen Fürsten sich gemeuchelt zu denken, ermahnte sie alle ein-
dringlich, dieses Bruchstück einer durch den Tod zer-
trümmerten Rede mit dem Pagen zu begraben.   30
Jetzt, da August Leubelfing sein Schicksal vollendet
hatte und leblos neben seinem Könige lag, schluchzte
der Vetter: »Nun die Base verewigt und der Erbgang
eröffnet ist, nehme ich doch meinen Namen wieder an
mich?«, und er warf einen fragenden Blick auf die   35
Umstehenden. Der Magister Todänus betrachtete eben
das unschuldige Gesicht der tapfern Nürembergerin,

das einen glücklichen Ausdruck hatte. Der strenge
Mann konnte sich einer Rührung nicht erwehren. Jetzt
entschied er: »Nein, Herr! Ihr bleibt ein Laubfinger.
Euer Name wird die Ehre haben, auf dem Grabhügel
5 eines hochgesinnten Mädchens zu stehen, das einen
herrlichen Helden bis in den Tod geliebt hat. Ihr aber
habt Euer höchstes Gut gerettet, das liebe Leben. Damit begnüget Euch.«
Die Kirche wurde gegen den Andrang der zuströmen-
10 den Menge gesperrt und verriegelt; denn das Gerücht
hatte sich rasch verbreitet, hier liege der König. Die
Toten wurden dann gewaschen und im Chore aufgebahrt. Über alledem war es helle geworden. Als die
Kirchtore den mit ungeduldigen Gebärden, aber ehr-
15 fürchtigen Mienen Eindringenden sich öffneten, lagen
die beiden vor dem Altare gebettet auf zwei Schragen,
der König höher, der Page niedriger und in umgekehr-
ter Richtung, so daß sein Haupt zu den Füßen des
Königs ruhte. Ein Strahl der Morgensonne – dem
20 gestrigen Nebeltage war ein blauer wolkenloser gefolgt – glitt durch das niedrige Kirchenfenster, ver-
klärte das Heldenantlitz und sparte noch ein Schim-
merchen für den Lockenkopf des Pagen Leubelfing.

Anmerkungen

3,17 f. *Kornett:* von span. corneta, ›Reiterfahne‹; jüngster
      Offizier einer Schwadron, der die Standarte trug;
      Fähnrich.

3,18 *Karabinieren:* mit Karabiner (Gewehr mit verkürztem
      Lauf) bewaffnete schwere Reiter.

3,26–28 *der König, den er … bewirtet und gefeiert hatte:*
      Tatsächlich wurde Gustav Adolf am 21. März 1632 ein
      triumphaler Empfang in Nürnberg bereitet, mit Fest-
      mahl und kostbaren Geschenken.

3,31 *Rentkammer:* Verwaltungsbehörde.

4,2 f. *die Opferung Isaaks durch … Abraham:* Vgl. 1. Mose
      22, 1–14. Die Parallele zu dem aktuellen Vorfall im
      Hause Leubelfing ist augenfällig: Wie in der Bibel-
      geschichte Abraham seinen Sohn Isaak opfern soll, so
      hat der alte Leubelfing seinen August dem seine Pagen
      rasch verschleißenden König zur Verfügung zu stellen.
      Gustel entspräche dann dem Opfertier aus V. 13:
      »… und [Abraham] nahm den Widder und opferte
      ihn zum Brandopfer an seines Sohnes Statt.« Solche
      parallelisierenden Bilder, Gemälde oder Tableaus gibt
      es oft in Meyers Werk.

4,30 *affectionierter:* wohlgesonnener, gewogener.

6,23 f. *Der verschmitzte Spitzbube, der Charnacé:* in
      Meyers Quellen bezeugte Gestalt; gewandter frz. Ge-
      sandter und Unterhändler.

6,27 *hudelte den Ambassadeur:* hudeln: schlecht behandeln,
      plagen, anführen; Ambassadeur: frz., Botschafter, Ge-
      sandter.

6,34 *eine Remedur:* Heilmittel, Abhilfe.

7,3 f. *das Leiblied Gustav Adolfs:* Die von Meyer zitierten
      drei Zeilen stammen aus einem Gedicht von Michael
      Altenburg »Herzfreudiges Trostliedlein« anläßlich der
      Schlacht bei Leipzig 1631.

8,10 *tutte quante:* ital., sie alle.

8,28 *Habit:* frz., Kleidung.

9,22 *Wie den jungen Achill:* Nach der griech. Mythologie wurde Achill, als die griech. Fürsten zum Trojanischen Krieg zusammengerufen wurden, von seinen Eltern, Peleus und Thetis, die wußten, daß er vor Troja sterben sollte, auf der Insel Skyros als Mädchen verkleidet und versteckt. Die Griechen hatten jedoch vom Priester Kalchas erfahren, daß Troja ohne Achill nicht besiegt werden könne, weswegen sie eine Abordnung unter der Leitung von Odysseus (*Ulysses*) auf die Suche schickten. Achill wurde gefunden und fiel auf eine einfache List herein: Odysseus breitete Geschenke vor den Mädchen aus, und Achill wählte den einzigen nicht zu einem Mädchen passenden Gegenstand, ein Schwert. Damit war er entlarvt und fuhr dann auch loyal mit in den Krieg. – Der Vergleich führt, wie bei der Opferung Isaaks, wieder über ein Bild und ist besonders bedeutsam, weil Gustel hier erstmalig eine Kleidertausch-Anspielung macht.

11,2 *der greise Priamus:* Nachdem Achill Hektor vor den Toren Trojas im Zweikampf erschlagen und seinen Zorn und seine Trauer um den Tod seines Freundes Patroklos dadurch an der Leiche ausgelassen hat, daß er sie hinter seinen Wagen gebunden herumschleift (Apollo verhütet jedoch aus Mitleid etwaige Entstellungen Hektors), kommt Hektors Vater Priamus unbemerkt ins griech. Lager und erfleht von Achill die Leiche Hektors zur ehrenvollen Bestattung. Vgl. Homer, Ilias, 24. Gesang.

13,14 *die Brandenburgerin:* Gustav Adolfs Gemahlin Maria Eleonore, Tochter des Kurfürsten Johann Sigismund von Brandenburg.

14,10 f. *In der Tat achtete ... die Krone zu tragen:* Anspielung auf Phil. 2,6; V. 5–8 lauten: »Ein jeglicher sei gesinnt, wie Jesus Christus auch war: welcher, ob er wohl in göttlicher Gestalt war, nahm er's nicht für einen Raub, Gott gleich zu sein, sondern entäußerte sich selbst und nahm Knechtsgestalt an, ward gleich wie ein anderer Mensch und an Gebärden als ein Mensch erfunden. Er erniedrigte sich selbst und ward gehorsam bis zum Tode, ja zum Tode am Kreuz.« Ebenso wie Christus sich nicht zu gut war, Menschengestalt anzunehmen und sich mit den Geringsten solidarisch zu zeigen, so war für Gustav Adolf das Königtum kein Freibrief für herablassende Überheblichkeit. Die Parallelisierung Gustav Adolfs mit Christus kehrt noch wiederholte Male in der Novelle zurück.

14,22–24 *den möglichen ruhmreichen Ausgang seines heroischen Abenteuers:* Mit dem heroischen Abenteuer ist Gustav Adolfs Eingriff in den Krieg und die gesamte schwed. Expedition gemeint; bemerkenswert ist hier der Hinweis auf Gustav Adolfs private politische Motive, die den Idealismus des Glaubenskrieges schuldhaft überschatten.

14,25 *Fabel:* erdichtete, unglaubliche Geschichte. Das Wort deutet die Unmöglichkeit und das dennoch Traumhaft-Schöne des von Gust Erlebten an.

15,8 *des Friedländers:* Albrecht von Wallenstein, Herzog von Friedland (1583–1634).

15,34 *Casse-Cou:* frz., Wagehals.

16,5 f. *Allotria:* griech., Unfug, Unsinn, Albernheiten, Späße.
    pompösen Predigt: Gfrörer (vgl. Nachwort) zitiert das Tagebuch Gustav Adolfs, in dem dieser seinen Berliner Kirchenbesuch beschreibt und die Predigt – die er, unerkannt zwischen den Hofleuten sitzend, hörte – mit dem von C. F. Meyer fast genau übernommenen Wortlaut wiedergibt.

16,25 *die unglaubliche Geschichte:* Auch hier liegt eine Mitteilung Gfrörers zugrunde, der sich dazu auf die Autobiographie der Prinzessin Christina beruft. Obschon dieser Fall ganz anders ist als der des verkleideten Pagen, werden beide einige Zeilen weiter als ›dasselbe Blendwerk‹ parallelisiert.

17,11 *Eva Brahe:* historische Gestalt, Hofdame von Gustav Adolfs Mutter, die die Verbindung der beiden verhinderte, worauf Eva Brahe den berühmten General Jakob de la Gardie heiratete. Entsprechende Hinweise in Meyers Quelle Gfrörer.

17,27 *Maxime:* Grundsatz, Lebensregel; auch als Begriff für aphoristisch ausgedrückte Lebensweisheiten. Vgl. Goethes »Maximen und Reflexionen«.

17,30 *Nondum:* lat., Noch nicht! Dieser Spruch soll eine Erfindung von Meyer sein.

17,34 *Quartband:* Buch in einem Format von Viertelbogengröße.

18,26 *Epikurer:* heute: Epikureer, Genußmensch. Der griech. Philosoph Epikur (341–271 v. Chr.) hatte gelehrt, daß zum Erlangen wahrer Glückseligkeit eine harmonische Ausgeglichenheit der Seele erforderlich sei, die jedoch nicht durch grobe Lust, sondern durch vernünftige Dosierung von Genuß, Mäßigung, Tugend und Selbstbeherrschung erreicht werden könne. Diese im späteren Altertum neben der Stoa sehr wichtige Lehre wurde jedoch zur puren Genußsucht vergröbert – daher die heutige Bedeutung.

19,4 *ein zuckender Blitz:* Im schicksalsträchtigen Zeitalter des Barock gehören Gewittermetaphern zu den bevorzugten Stilmitteln einer bald pathetischen, bald mystischen, allegorischen Sprache.

20,28 *Babylon:* galt den Israeliten als Pfuhl der Sünde, hier übertragen auf Rom (und den Katholizismus).

21,10 *Gesellschaft Jesu:* 1534 von Ignatius von Loyola gegründeter kath. Orden. – Die jesuitische Saat trug viele Jahre später Früchte: Die 1626 geborene Christine, 1632 Königin geworden, während allerdings Oxenstierna die Regierungsgeschäfte betrieb, dankte 1654 ab, trat 1655 zum Katholizismus über und lebte dann meist in Rom, wo sie 1689 starb.

21,12 *drakonischen:* von übertriebener Härte; nach dem

athen. Gesetzgeber Drakon, dessen äußerst strenge Gesetze aus dem Jahre 621 v. Chr. stammen.

21,32 *Sophistik:* urspr. wertfrei: die pragmatische Lehre jener griech. Weisheitslehrer, die im 5. und 4. Jh. v. Chr. die eigentlichen Bildungsträger waren; dann abwertend: die Kunst der Scheinbeweise und Scheinschlüsse.

24,9 *in einer Nöte:* archaisierender Dativ Singular.

24,10 *Herzog von Lauenburg:* Unter den mit Gustav Adolf verbündeten Fürsten gab es tatsächlich einen solchen Herzog von Lauenburg. Seine Charakterisierung in der Novelle ist jedoch ebenso erfunden, wie die um ihn gesponnene Verratsintrige unbewiesen ist.

24,17 *Slawonierin:* Slawonien ist eine Landschaft in Jugoslawien, zwischen Save und Drau.

24,19 *Eskorte:* frz., Geleitschutz, Bedeckung.

24,30 *Rekognoszierungsritt:* rekognoszieren: Militärsprache für ›erkunden‹.

25,4 *Pikenieren:* mit einer Pike, dem langen Spieß der Landsknechte, bewaffnete Soldaten.

26,10 f. *aus dem Bauerkleide Gustav Wasas:* Gustav Wasa (1496–1560), der Großvater Gustav Adolfs, sah sich zur Zeit der dän. Gewaltherrschaft wiederholt zur Tarnung in Bauernkleidung genötigt; daher das *Märchen* von seiner bäurischen Abstammung. Tatsächlich gehörte das Geschlecht zum alten schwed. Adel. Gustav Wasa führte seine schwed. Bauern 1520 in den Krieg gegen Dänemark, wurde 1521 zum Reichsverweser und 1523 zum König gewählt.

27,21 *aus dem Mittel heben:* biblische und archaisierende Wendung, Mittel für ›Mitte‹; der Ausdruck bedeutet etwa ›entfernen, ausschneiden, ausrotten‹.

28,17 f. *des Generalgewaltigen:* Profos, Feldrichter, Ankläger und Henker in Söldnerheeren.

31,23 *Intrige, Kabale:* Ränke, geheime Machenschaften.

32,16 *Räuber und Diebe ...:* Der Wortlaut dieser Ansprache sowie ihr Hintergrund gehen auf entsprechende Stellen bei Gfrörer zurück. Dieser berichtet auch über die schnell zunehmende Zuchtlosigkeit unter dem dt. Kriegsvolk und über Mißhandlung und Beraubung von Flüchtlingen, sehr gegen die von Gustav Adolf gewünschte strenge ›Mannszucht‹. Gfrörer gibt, selbstverständlich mehr als Erzähler denn als Historiker, die Strafpredigt in direkter Rede. Meyer zitiert daraus.

34,18 *Pereat Gustavus:* lat., Gustav möge zugrunde gehen!

Libertät: lat., Freiheit.

34,26 *den Raugrafen:* Raugraf begegnet als Titel mehrerer gräflicher Geschlechter; etym. wohl ›Graf in rauhem, d. h. unbebautem Land‹.

35,11 *Salvokondukt:* Geleitbrief, durch den dem Träger Geleitschutz gesichert wird.

37,25 ff. *eine unterhaltende Geschichte:* Durch seine Studien zum »Amulett« war Meyer mit dieser mehrfach erwähnten historischen Anekdote bekannt. Wallenstein weiß Coligny, den Führer der Hugenotten, lediglich *als Feldherrn zu schätzen,* weil dieser ja ein ›Ketzer‹ war wie Gustav Adolf. Der historische Coligny verneinte im übrigen energisch jede Mitschuld an der Ermordung des Herzogs von Guise. Daß Meyer hier Wallenstein die Worte in den Mund legt: *ich möchte die Szene einem Dramatiker empfehlen, sie wäre wirksam,* ist ein Beispiel von schon fast tragischer Selbstironie. Meyer, der fast all seine Stoffe gerne in Dramenform gestaltet hätte, weiß diese dramatisch wirksame Szene nur als ›Botenbericht‹ wiederzugeben. Und das gleich zweimal: Wallenstein erzählt sowohl den Besuch Poltrots bei Coligny als auch die Parallelszene von Lauenburg bei ihm selbst.

40,6 f. *ungeheuerlichen Pakt mit dem Habsburger:* Im Jahre 1631 war Wallenstein wieder in den Dienst des österreichischen Kaisers Ferdinand II. von Habsburg getreten. Diese Verbindung als *ungeheuerlichen Pakt* zu bezeichnen, ist nur dann möglich, wenn man an die (u. a. auch bei Schiller dargestellte) Neigung zu einer

eigenständigen Machtpolitik Wallensteins denkt. Der Ausbruch des Konflikts mit dem Kaiser, der Wallenstein dann offen des Hochverrats beschuldigte, fällt jedoch erst in die ersten Monate des Jahres 1634.

40,8 *des ... Schimärischen:* Die Chimära war in der griech. Mythologie ein Ungeheuer, das vorn Löwengestalt hatte, in der Mitte Ziege und hinten Drache war. Heute: Trugbild, Hirngespinst. Das Chimärische bei Wallenstein läge also darin, daß er über die Verbindung mit dem Kaiser eigene machtpolitische Ziele verfolgen zu können glaubte.

40,11 f. *Fatum:* lat., Schicksal.

40,28 *mit unsern Armaden:* Armada, span., ›bewaffnete Macht‹, Armee.

40,36 *irgendeine himmlische Konjunktur:* Anspielung auf die Astrologiegläubigkeit Wallensteins, der 1629 den Astrologen Giovanni Baptista Seni (1600–56) als Berater zu sich berief.

45,11 *auf den Bänken von Upsala:* die berühmte, 1477 gegründete schwed. Universität.

45,32 *Galopin:* frz., Bursche.

46,20 *Ake Tott:* historische, auch bei Gfrörer belegte Gestalt. Oberst, später General.

46,32 *auf dem Marktplatze von Naumburg:* Auch für die Szene in Naumburg, die pessimistische Äußerung Gustav Adolfs inbegriffen, bildet Gfrörer die Vorlage.

48,32 *die Wahrheit und die Barmherzigkeit jenes Reiches:* Gemeint ist das Reich Gottes, im Gegensatz zum Deutschen Reich, dessen Eroberung er kurz zuvor sich noch nahe geglaubt hat. Auf diese beiden Reiche bezieht sich auch die resignierende Ansprache Gustav Adolfs vor der Schlacht. Nach der gewonnenen Schlacht bei Breitenfeld (1631) wäre es ohne weiteres möglich gewesen, durch entsprechende Friedensbedingungen den Glaubenskrieg zu beenden. Von dem Augenblick an ging es nur noch um schwedisch-deutsche

Machtpolitik und persönlichen Ehrgeiz Gustav Adolfs.

49,21 *an einen Dreizehnjährigen:* Der Bezug bleibt unklar. Alfred Zäch (Sämtliche Werke, hist.-krit. Ausgabe, Bd. 11, Bern 1959, S. 342) ist der Meinung, am ehesten wäre noch an Karl Gustav von Pfalz-Zweibrücken (1622–60) zu denken, der nach der Abdankung Christines 1654 als Karl X. Gustav König wurde. Christine hatte die geplante Verbindung abgelehnt.

49,26 f. *Er wird durch einen Gideon . . .:* aus dem *Leiblied Gustav Adolfs,* vgl. Anm. zu 7,3 f. Zu *Gideon* vgl. Richt. 6–8.

50,2 f. *mit den beweglichen Worten des verlorenen Sohnes:* Vgl. Luk. 15,21. Daß der Lauenburger sich hier blasphemischerweise der bekannten Bibelworte bedient, ist auch bedeutsam für die buchstäbliche Vergöttlichung Gustav Adolfs. In dem Gleichnis steht ja der Vater parabolisch für Gott.

50,14 f. *die Worte des reinsten Mundes:* die Worte Christi, als er das Gleichnis vom verlorenen Sohn aussprach.

51,4 *Magister Todänus:* In diesem Kontext von Meyer erfundene Gestalt, obwohl bei Gfrörer ein Prediger Thodänus begegnet.

51,30 *das Haupt voll Blut und Wunden:* Vgl. den Choral »O Haupt voll Blut und Wunden« aus der Matthäus-Passion von Johann Sebastian Bach. In diesem Fall wird Gustav Adolf also mit Christus verglichen, wie in der Szene in Naumburg, die dem Einzug in Jerusalem gegenübergestellt wird.

52,37 *eine salva guardia:* span., Geleitbrief.

54,9 *fortiter pugnans:* lat., mutig kämpfend.

Nachwort

Als der schwedische König Gustav Adolf (geb. 1594, König von Schweden 1611, gest. 1632) im Jahre 1630 in Pommern landete, gab dieses Ereignis dem Dreißigjährigen Krieg (1618–48) entscheidende Impulse. Schwedisch-französische und schwedisch-sächsische Verträge leiteten eine für die protestantische Seite günstige Kriegsphase ein. Gustav Adolf besiegte die kaiserlichen Truppen bei Breitenfeld, die Sachsen besetzten Böhmen, und Gustav Adolf drang bis Mainz vor (1631). Im Jahre 1632 siegte Gustav Adolf bei Rain am Lech über Tilly, der tödlich verwundet wurde. Es folgte die Eroberung Münchens durch Gustav Adolf. Inzwischen war der 1630 entlassene Wallenstein wieder zum kaiserlichen General ernannt worden. Er eroberte Böhmen zurück und bezog ein festes Lager vor Nürnberg, das Gustav Adolf verschiedene Male vergeblich angriff. Bei Lützen kam es dann zu einer schweren Schlacht, in der die Schweden zwar siegreich blieben, aber ihren König verloren. Über diese Schlacht heißt es in einem schwedischen Bericht vom 7. November 1632:

»Nachdem die königl. Majestät zu Schweden vorgestrigen Tags erfahren, daß der Feind um Weißenfels aufgebrochen und selbige Ort in Brand gesteckt, sind sie mit dero Armee demselben eilend gefolgt und beinahe an Lützen unvermerkt fortgerückt, allda am Floßgraben den Feind mit Ernst angegriffen, also wann die Nacht uns nicht so geschwind überfallen, der Feind ganz getrennt worden wäre, darauf dann gestrigs Tags Ihre Majestät in Battaglia fort bis an Lützen gerückt, daselbst der Feind mit seiner ganzen Armee sich in Eil gestellt. Ob er nun wohl vor unserer Ankunft allen Vorteil einnehmen können, so hat doch Gott der Allmächtige, weil der Feind in Furcht und Unordnung gleichsam gewesen, Ihrer königl. Majestät dermaßen beigestanden, daß dieselbige beide Tage victorios gewesen, wie dann gestern von 10 Uhr morgens bis in die Nacht die

Battaglia continuiert. Endlich hat der Feind das Feld räumen, fast alle Geschütz und dazu gehörige Munitions-Wagen verlassen müssen. Die Victoria ist überaus groß, General Pappenheim, Holck und viele andere mehr auf des Feindes Seite geblieben, Benninghausen und sonst viel Vornehme gefangen.

Es hat aber Ihre Majest. das Unglück auch mit getroffen, indem dieser tapfere Held sein Leib und Leben für Gottes heiligen Namens Ehr und zur Erhaltung der Teutschen Libertät und Freiheit so öfters ungescheut gewagt hat, diesmal mit 2 Schüssen gefährlich verletzt worden und also in der Tat erwiesen, daß sie ihr königliches Blut bei Gottes heiligem Evangelio aufzusetzen gewillt, und sind sonst viel andere Herrn und Kavalliere verwundet worden.«[1]

Die Umstände, unter denen Gustav Adolf starb, sind ungeklärt; Augenzeugenberichte, die seinen Tod, mit und ohne Verratsmotiv, genau rekonstruieren, müssen als spätere Erfindungen bezeichnet werden. Jedenfalls wurde am kaiserlichen Hof in Wien die Schlacht bei Lützen, trotz der Niederlage, ausschließlich wegen Gustav Adolfs Tod mit Messen und Freudenschüssen als Sieg gefeiert.

Das ist der historische Hintergrund, vor dem sich Conrad Ferdinand Meyers (1825–98) Novelle *Gustav Adolfs Page* abspielt. Wie bei den meisten seiner Novellen hat Meyer den Stoff ursprünglich zu einem Drama verarbeiten wollen, bis er sich dann in der ersten Hälfte des Jahres 1882 zur erzählerischen Form entschloß. Als direkte Anregungen für die Erfindung der eigentlichen Novellenfabel werden Goethes *Egmont* und ein Dramenentwurf von Heinrich Laube genannt. Goethes Klärchen ließ den Gedanken aufkommen, »ein Weib zu zeichnen, das ohne Hingabe, ja ohne daß der Held nur eine Ahnung von ihrem Geschlecht hat, einem hohen Helden in verschwiegener Liebe folgt und für ihn in den Tod geht. Der Held müßte freilich sehr kurzsichtig sein, um zu verkennen, daß ein Weib sein Freund

1. »Der Dreißigjährige Krieg in Augenzeugenberichten«, hrsg. von Hans Jessen. München 1971. S. 321 f.

ist. Gustav Adolf war hochgradig kurzsichtig« (Gespräch mit Hans Blum, im *Wiener Tageblatt* vom 17. 2. 1899). Heinrich Laube berichtete im Vorwort seines Schauspiels *Monaldeschi* (Leipzig 1845) über ein nicht ausgeführtes Gustav-Adolf-Drama, das einige Handlungselemente enthalten hätte, die nun von C. F. Meyer aufgegriffen wurden: das Verlangen nach der deutschen Krone als Gustav Adolfs tragische Schuld, die verräterische Feindschaft des Herzogs von Lauenburg und das Nürnberger Bürgermädchen, das dem König aus Liebe und als Page verkleidet folgt. Diese Anregungen wurden mit dem ursprünglichen Vorhaben kombiniert, und nun konnte die Niederschrift in ziemlich raschem Tempo vonstatten gehen: »Es ist seltsamer Weise keiner meiner jahreher bewegten Stoffe, sondern ein plötzlich entstandener u. ohne Unterbruch ausgeführter Gedanke« (Brief vom 4. 7. 1882 an Julius Rodenberg, den Verleger der Zeitschrift *Deutsche Rundschau*, in der der Erstdruck im Oktober 1882, unter dem Titel *Page Leubelfing*, erschien). Neben den genannten Anregungen war für die Entstehung der Novelle als historische Hauptquelle von größter Bedeutung: A. F. Gfrörer, *Geschichte Gustav Adolfs, König von Schweden, und seiner Zeit*. Stuttgart und Leipzig 1837. Wie Meyer am 5. November 1882 an Rodenberg schreibt, habe er das Geschichtswerk Gfrörers bei der Abfassung des *Pagen* neben sich aufgeschlagen gehabt und sei ihm denn auch stark verpflichtet.

Die Rezeption des Werkes bei den Zeitgenossen war für den Autor nur zum Teil erfreulich. So macht Rodenberg, sonst seinem geschätzten Mitarbeiter gegenüber von zuvorkommendster Freundlichkeit, gleich nach der ersten Manuskriptlektüre auf eine Reihe von Kompositionsfehlern aufmerksam, wenn er auch daneben immerhin dankt »für die gute und bewegte Stunde, welche die Lecture mir gewährt, u. haben Sie nochmals Dank für einen Beitrag, der zu den monumentalen der ›Rundschau‹ gehören wird« (Brief vom 29. 7. 1882). Erheblich kritischer äußerte sich Meyers langjährige Brieffreundin, die Schriftstellerin Louise von François, die ihm im Brief vom 4. Oktober 1882 vorwirft, er habe »das große dramatische Projekt [...] zu einer novellistisch genrehaften Episode verengt [...], den wahrhaften Helden zur Nebenperson und den Beiläufer zum Helden« gemacht. Dieses Urteil mag noch der Enttäuschung über das Mißlingen des Gustav-Adolf-Dramas zuzuschreiben sein, aber auch hinsichtlich der Novellengestaltung selber geht die Briefschreiberin hart mit Meyer ins Gericht: Das Liebesmotiv sei völlig überflüssig, da es nur die heroische Tragik beeinträchtige und die Handlung unnötig unwahrscheinlich erscheinen lasse. Dann folgt die von Meyer nie beantwortete Frage: »*Warum* lassen Sie den Leubelfing fliehen, in dem Moment wo er das böse Vorhaben des Lauenburgers ahnt und darum doppelt veranlaßt wäre, dem geliebten Helden als wachsamer Schützer zur Seite zu stehen?« Darauf wird noch zurückzukommen sein, ebenso wie auf die letzte kritische Bemerkung aus diesem Brief: »Und dann ist das Zusammentreffen mit der possenhaften Figur des Laubfingers nicht auch bei dem weihevollen Abschluß etwas störend?« C. F. Meyer ließ sich auf eine Diskussion nicht ein und entgegnete am 27. Oktober lustlos: »Ihr Urteil, l. Freundin, über Leubelfing ist gewiß das richtige und auch das meinige.« Noch sehr viel schärfer äußert sich ein französischer Kritiker, T. de Wyzewa, in der *Revue des deux mondes* vom Jahre 1899. Sein Ausgangspunkt ist seine Beobachtung, daß deutsche Romane für ein französisches Publikum von außerordentlicher Langeweile und absoluter Unlesbarkeit seien. Beispiele dafür seien Theodor Fontane und C. F. Meyer. Nach einer langen Nacherzählung von *Gustav Adolfs Page* lautet das strenge Verdikt, daß die Fabel banal, linkisch und kindisch sei und daß etwa der ›Traum‹ Lauenburgs in Wallensteins Hauptquartier und das Motiv der Ähnlichkeit des Herzogs mit dem Pagen Kunstgriffe seien, für die sich noch der mittelmäßigste französische Romancier schämen würde. Die Unwahrscheinlichkeit der Fabel mache es nur schwer erträglich, daß eine heroische Gestalt wie Gustav Adolf hier auf No-

vellenformat verkleinert worden sei. Nun, dieses Urteil ist sicherlich zu hart, aber dennoch wird uns der wiederholte Vorwurf der Unwahrscheinlichkeit noch zu beschäftigen haben. Insgesamt sind die Urteile also zurückhaltend bis negativ, und das ist fast bis in die Gegenwart hinein so geblieben. Stellvertretend für die spätere Rezeption des Werkes mag die sonst durchaus schwärmerische Biographie von Harry Maync (1925) stehen: »Meyer hält sich hier auf dem Boden des Genres, nicht des Historienbildes wie im ›Jürg Jenatsch‹. Er gibt nicht die große Geschichte selbst, sondern ihr verkleinertes Abbild in der beiläufigen, aber charakteristischen Anekdote. [...] Unter seine Meisterwerke ist ›Gustav Adolfs Page‹ nicht zu rechnen. Daß Paul Heyse nur gerade diese Erzählung in seinen Novellenschatz[2] aufnahm, hat die richtige Bewertung der Meyerschen Kunst bei dem weiteren Publikum vielleicht verzögern helfen.« Hier wird die Novelle also mit dem Odium eines atypischen Nebenprodukts behaftet, mit den gelungeneren Arbeiten kaum vergleichbar und wenig geeignet, den ›echten‹ Meyer kennenzulernen. Dieses strenge Urteil scheint durchaus ungerecht. Gewiß hat das Werk einige Schwächen, aber weder die Erzählstrategie, die Handlungsführung noch die Diktion oder gar die Thematik weichen stark vom sonst aus dem Meyerschen Erzählwerk Bekannten und Geschätzten ab. Eine kurze Strukturskizze sowie einige Beobachtungen zu Stil und Thema sollen das im folgenden beweisen. Dabei werden bestimmte Konstruktionsprobleme und Sprachschwierigkeiten freigelegt werden können, zugleich aber dürfte auch etwas klar werden über die Gründe, die dem Werk trotz jener Kritik zu einer erheblichen Popularität verholfen haben.

Die dramaturgischen Ambitionen des Verfassers lassen sich schon aus der Grundstruktur der Novelle ablesen. Davon zeugt die einer fünfaktigen Tragödie entsprechende Einteilung in fünf Kapitel, die Szenenhaftigkeit einzelner Erzähl-

2. »Neuer deutscher Novellenschatz«, hrsg. von Paul Heyse und R. Laistner. 24 Bde. München 1884–88.

partien, vor allem aber der gesamte Spannungsbogen der Handlungsführung.

Das erste Kapitel entspricht der Exposition eines Dramas, durch den Vorgang der Pagenwerbung (das ›erregende Moment‹ im Sinne Gustav Freytags) wird die Handlung in Gang gesetzt. In den Lagerszenen des zweiten Kapitels liegt im großen und ganzen, trotz aller Ängste und Gefährdungen Gusts, eine durchaus positive und freundliche Entwicklung auf den Höhepunkt hin vor. Im dritten Kapitel, wo der Höhepunkt erreicht ist, findet sich mit der bedrohlichen Korinna-Szene und der Ritterschelte die Schürzung des Knotens, die Zuspitzung des dramatischen Konflikts, besonders mit der Ankündigung des Verrats durch Lauenburg. Die Frage, worin denn in diesem Fall der Konflikt bestehe, ließe sich wie folgt beantworten: Durch die Parallelität der beiden Hauptpersonen, Gust und Gustav Adolf, durch die Abhängigkeit auch des Pagenschicksals von demjenigen des Königs kann man von einer doppelten, sich gegenseitig bedingenden Konfliktsituation sprechen. Einerseits hat sich Gust durch die Hingabe an ihre unmögliche Liebe in eine ausweglose tragische Situation gebracht, deren Lösung nicht eine lustspielhafte Entlarvung und Entdeckung sein kann, sondern nur der Tod an der Seite des platonisch, aber inbrünstig verehrten Helden. Andererseits hat Gustav Adolf sich seiner machtpolitischen Ambitionen nicht erwehren können. Indem er zuließ, daß der Glaubenskrieg zu einem Eroberungskrieg wurde, an dessen Ende ihm die Krone Deutschlands zu winken schien, ergibt sich ebenfalls ein tragisches Verschulden, das nach den Gesetzen der Tragödie nur mit sühnendem Sterben enden kann. Das vierte Kapitel zeigt folgerichtig die Entwicklung beider tragischer Aspekte auf die Katastrophe zu. Durch den Besuch Wallensteins im schwedischen Lager scheint die Entlarvung des Pagen kurz bevorzustehen. Seine Flucht aus der unmittelbaren Umgebung des Königs ist jedoch nur eine Retardation, ein kurzes Anhalten der tragischen Abwicklung, bevor Gust unwiderstehlich zu ihrem Idol zurückgetricben wird. Gustav Adolf steht in diesem Kapitel mit seiner Todessymbolik und der kathartisch-resignierenden Ansprache an die deutschen Fürsten schon ganz sub specie aeternitatis. Die scheinbare Versöhnung mit Lauenburg ist ebenfalls ein retardierendes Moment. Das fünfte Kapitel bringt die Katastrophe dieser Doppeltragödie mit dem Tod beider Hauptakteure vor den versammelten Augenzeugen aller Handlungsphasen. Im Schlußbild mit den aufgebahrten Leichen klingt die Tragödie wenn nicht versöhnlich, so doch fast friedlich aus.

Soviel zum dramatischen Spannungsbogen, in dessen Nachvollzug sich C. F. Meyers Konzept am schlüssigsten darstellt. Bei der Betrachtung der einzelnen Szenen ist es nötig, sich dieser Gesamtstruktur ständig bewußt zu sein, damit die Detailkritik der zitierten ersten Leser im Gesamtkonzept ihre richtigen Proportionen bekommt.

Das erste Kapitel umfaßt eine in sich geschlossene Szene, die man getrost als eine gelungene Lustspielszene ansehen kann. C. F. Meyers aus anderen Werken bekannte Neigung, die episch-dramatische Aktion in statischen Einzelbildern tableauhaft erstarren zu lassen, ist hier durch schnelle, abwechslungsreiche und kontrastierende Aufeinanderfolge der Handlung vermieden. Den beiden langweiligen Handelsherren Leubelfing stehen die spritzigen, unkomplizierte Lebenslust ausstrahlenden Gestalten Gusts und des schwedischen Kornetts wirkungsvoll gegenüber. Die Darstellung der beiden Kaufleute ist nicht ohne satirische Züge, die sich durchaus auch auf C. F. Meyers eigene Zeit anwenden lassen. Immer hat er in der historischen Verkleidung seiner Novellen seine aktuellen gesellschaftlichen und politischen Vorstellungen durchschimmern lassen, negativ durch die Kritik an Mißständen wie etwa in *Plautus im Nonnenkloster*, *Die Hochzeit des Mönchs* und *Das Leiden eines Knaben*, positiv in der Darstellung eines von ihm befürworteten landesväterlichen Herrschertyps, dem eine große Bewunderung für Bismarck-Deutschland zugrunde liegt, wie in *Huttens letzte Tage*, *Die Richterin* und *Die Versuchung des*

Pescara. Gustav Adolfs Page vereinigt die bewundernden (Gustav Adolf) und die kritischen Aspekte. Hier, im ersten Kapitel, ist es die kaufmännisch-industrielle Großbourgeoisie der Gründerjahre, die unter der Maske des Nürnberger Handelspatriziats des 17. Jahrhunderts in ihrer kapitalistischen Mentalität angeprangert wird. »Meyer entlarvt das ganze Ethos von Fleiß, Bildung und sittlicher Tüchtigkeit. Ohne jede wahre Bildung ist diese physisch degenerierte und seelisch verkrüppelte Klasse total profitorientiert. Sie renommiert mit prunkvollen Villen und kostspieligen Diners, deren Kosten aber bis auf den letzten Pfennig kalkuliert werden; kokettiert mit dem Monarchen, in dem sie einen Garanten ihrer Profite sieht und bei dem außerdem höchst rentable Staatsanleihen zu machen sind. Als sich selbstrühmender ›deutscher Mann‹ schwelgt ein Großbourgeois wie Leubelfing in einem windigen Hurrapatriotismus.«[3] Das Schlußbild setzt dieser Satire die Krone auf in Form des Häubchens auf dem Kopf des Vetters.

Auch das zweite Kapitel fängt, nach einem unvermittelten Übergang wie bei einem neuen Drama-Akt, mit einer weiteren Lustspielszene an, diesmal zwischen der Königin und dem Pagen, der hier, nachdem er nun gerade ›Mann‹ geworden ist, ironischerweise mit einem Fingerhut ausgestattet wird. Dann allerdings löst eine epischere Erzählweise die bisherige dramatische Gestaltung ab. Das Lagerleben des Pagen mit seinem König wird mit zusammenfassender Zeitraffung wiedergegeben, abwechselnd mit den wiederum szenenartig dargestellten Episoden von den Sinnsprüchen und dem Anschlag der Jesuiten auf des Königs Tochter. Um die Unwahrscheinlichkeit des Unentdecktbleibens des Pagen zu überspielen, muß Meyer die Kurzsichtigkeit Gustav Adolfs, die allerdings historisch ist, hier betonen. Inzwischen werden gegen Ende dieses Kapitels vorausdeutende Signale gesetzt, die das bisherige Lustspiel bereits zum Tragischen umbiegen. Der Spruch »Courte et bonne« wird

3. David A. Jackson: C. F. Meyer. Reinbek 1975. S. 97.

zu einem zentralen Motiv, das den weiteren Ablauf der Handlung prägt und ihn auch durch Gustav Adolfs Gebet um ein baldiges Sterben »im Vollwerte« unter den Schatten des herannahenden Todes stellt.

Mit der Korinna-Szene fällt der König dann das Todesurteil über sich selbst. Hier erreicht die Meyersche Ironie einen Höhepunkt. Ein wohlmeinender Brief seiner Gattin lenkt erst des Königs Aufmerksamkeit auf einen Fall, der zu seinem Tod führen wird, Korinna und den Lauenburger verurteilend, verurteilt er sich selbst. Die anschließende Strafpredigt an die deutschen Fürsten gerät wieder zu einem eindrucksvollen statischen Tableau in der Beschreibung der ritterlichen Gesellschaft, wobei zum Kontrast mit dem schurkischen Lauenburger der biedere Schweizer Erlach vorgeführt wird, der sonst in der Handlung überhaupt keine Rolle spielt und hier wohl ausschließlich aus bildkompositorischen Gründen gebraucht wird sowie als Kontrast mit dem raubsüchtigen deutschen Adel, in dessen ungeschmückter Darstellung ebenfalls etwas von Meyerscher Gesellschaftskritik stecken mag, die sich diesmal auf Enttäuschung über deplazierten und pervertierten Klassendünkel zurückführen läßt.

Die Wallenstein-Szene, die das vierte Kapitel einleitet, darf, so unhistorisch sie sein mag, als Kabinettstück von Charakterisierungs- und Kontrastierungskunst gelten. Daß dabei die Lauenburg-Intrige und die Ähnlichkeit von Handgröße und Stimme des Lauenburgers und des Pagen, wodurch dessen panikartige Flucht motiviert werden soll, etwas gesucht anmuten, wurde schon von den ersten Lesern der Novelle bemerkt. Meyer verwendet hier wiederholt das Wörtchen »seltsam«, was mehr einem Offenlassen als einer Motivierung gleichkommt – die Frage von Louise von François, weswegen Gust flieht, als er gerade am meisten gebraucht wird, blieb ja auch unbeantwortet. Vielleicht läßt sich eine Erklärung finden in der von dem unheimlichen Wallenstein-Auftritt heraufbeschworenen düsteren Atmosphäre von Verrat und Aberglauben, die der Page intuitiv nur durch seine Flucht glaubt durchbrechen zu können.

Es folgen nun wieder in epischer Breite vorgetragene Zwischenphasen, die zu der Katastrophe überleiten. Der Handlungsstrang der Page-Tragödie, bis dahin aufs engste verknüpft mit dem der Königs-Tragödie, wird für kurze Erzählzeit, aber längere erzählte Zeit (vom Ende des Sommers bis zum Anfang des Winters) losgelöst, und es scheint sich in diesem Distanzierungsversuch noch ein Ausweg für Gust Leubelfing finden zu lassen. Aber eben nur scheinbar. Auch beim Obersten Ake Tott kann Gust sich nicht endgültig aus dem Umkreis des angebeteten Königs befreien, unwiderstehlich wird er wieder von ihm angezogen. Jedoch häufen sich nun auf der Ebene der Königs-Handlung die Hinweise auf dessen nahen Tod (etwa der Raubvogel über »dem blachen Felde von Lützen«) und die Parallelisierungen mit Christus. Als Gust dann zu seinem König zurückkehrt, wird er von diesem in seiner resignierenden, schon fast weltabgewandten Stimmung kommentarlos wieder aufgegenommen. Die zynisch genug mit den Bibelworten der Parabel vom verlorenen Sohn erzählte Scheinversöhnung zwischen dem König und dem Lauenburger führt aufs neue zu einem typischen Kontrasttableau am Schluß des vierten Kapitels: »Kurz nachher sprengte der König davon, links und rechts hinter sich den Lauenburger und seinen Pagen Leubelfing.«

Das kurze Schlußkapitel stellt zunächst unter erneutem plötzlichem Perspektiven- und Ortswechsel zwei neue, episodisch bleibende Gestalten in dem Pfarrhaus des Dorfes Meuchen vor, den Magister Todänus und seine Haushälterin. In schöner Zufälligkeit finden sich zur zyklischen Abrundung der Geschichte hier der Kornett und August Laubfinger aus dem ersten Kapitel wieder ein. Durch diese Konstruktion lassen sich beide Handlungsstränge, die Doppeltragödie von Gust Leubelfing und Gustav Adolf, gleichzeitig zu ihrem Ende führen. Kompositorisch ist es eben notwendig, daß die Leubelfing-Laubfinger-Angelegenheit aus dem ersten Kapitel zu einem befriedigenden Abschluß gebracht wird. Erst danach kann das ein wenig pathetische Schlußtableau mit den beiden Aufgebahrten die Novelle elegisch beschließen.

Die Detailkritik, wie sie oben aus den ersten Rezeptionen des Werkes dokumentiert wurde, läßt sich also aus dem Gesamtkonzept und der damit zusammenhängenden Erzählperspektive widerlegen. Auf den ersten Blick scheint die ganze Novelle vom Standpunkt eines allwissenden Erzählers erzählt zu sein, der zwar nie als Figur in oder neben der Handlung anwesend ist, wohl aber im Sinne von Thomas Manns »Geist der Erzählung« und Käte Hamburgers »Erzählfunktion« die Handlung von einem übergeordneten Standpunkt aus berichtet. Allerdings ist es nicht C. F. Meyers erzähltechnischer Brauch, eine solche Erzählhaltung nun auch durchgängig und konsequent beizubehalten. Die Art und Weise, wie er sie durchbricht, kann interessante Aufschlüsse über Erzählweise und Erzählanliegen vermitteln. In den Kapiteln I und V, die durch ihre Einheit von Ort und Zeit am geschlossensten wirken, erbringt die auktoriale Erzählhaltung am wenigsten Probleme. Mit der übersichtlichen Szenenhaftigkeit der Handlung geht hier souveräne Überschau des Erzählers einher. In den anderen Kapiteln dagegen, die durch ihre Zeitraffungen und Ortswechsel eine viel größere Beweglichkeit der Erzählsituation mit sich bringen, gibt Meyer seiner Neigung nach, mehr personal aus der Optik einer Novellenfigur zu erzählen. Die einen kräftig zupackenden Regisseur erfordernde auktoriale Erzählhaltung tritt zurück zugunsten einer Wiedergabe, die sich vorsichtig, aber unaufhaltsam mit der Perspektive des Pagen Leubelfing identifiziert. Das heißt: geschlossene Szenen, wie das Anfangs- und Schlußkapitel, werden aus der Überschau dargeboten, bei den offenen, zeitlich und räumlich weniger einheitlichen Szenen neigt Meyer dazu, eine vermittelnde Instanz zu suchen. Zum Vergleich sei einerseits auf *Die Versuchung des Pescara* hingewiesen, wo die szenenartige Darstellung in auktorialer

Erzählhaltung am konsequentesten durchgeführt worden ist, und andererseits auf den *Heiligen*, wo in der Konstruktion der Rahmenerzählung Hans der Armbruster als Erzähler immer wieder in eine Augenzeugenposition hineinmanövriert wird. In *Gustav Adolfs Page* sind beide Erzählstrategien nebeneinander vertreten, und das führt im Verhältnis von thematischem Gesamtkonzept und formaler Vortragsweise zu einer Konstellation, in der der Page Leubelfing in der Doppeltragödie gleichzeitig Hauptperson seiner eigenen und beobachtend-vermittelnde Instanz der Gustav-Adolf-Tragödie ist. Diese doppelte Funktion der Pagengestalt läßt sich leicht belegen, etwa an den Beispielen der Lauschszenen und der Ake-Tott-Episode. Szenen, in denen der Erzähler Handlungsteile von einem Versteck aus belauscht, gibt es besonders im *Heiligen*, aber auch in allen anderen Werken C. F. Meyers, in großer Anzahl. So auch hier, wo, um nur einige Beispiele zu nennen, die Ritterschelte, die Wallenstein-Szene und die Ansprache Gustav Adolfs vor der Schlacht aus der Perspektive des heimlich lauschenden Leubelfing gegeben werden, der hier ausschließlich als erzählerisches Medium gebraucht wird. Seine Flucht und der anschließende Aufenthalt bei Ake Tott dagegen sind notwendig und durchaus folgerichtig vom Standpunkt der Entwicklung seiner Privattragödie aus gesehen, im Gesamtkonzept der Doppeltragödie jedoch haben sie zur Folge, daß Leubelfing nicht länger seine beiden ›Aufgaben‹, nämlich als Handlungsträger und als Erzählinstanz, gleichzeitig wahrnehmen kann. Die Zweisträngigkeit der Handlung, wobei die Entwicklung beider Hauptpersonen darzustellen war bei gleichzeitiger Verkettung der beiden Schicksale miteinander, sowie die beschriebene Doppelfunktion des Pagen führen zu einer komplizierten erzählerischen Konstellation, in der die Bevorzugung eines Handlungsstrangs das subtile inhaltliche und erzähltechnische Gleichgewicht zeitweise gefährdet. Es ist wohl dieses kompositorische Dilemma, das letztlich den oben zitierten kritischen Anmerkungen aus der Rezeptionsgeschichte von

Gustav Adolfs Page zugrunde liegt. Daß sie sich jeweils nur als punktuelle Detailkritik artikulieren konnten, zeugt für die Tragfähigkeit des Gesamtkonzepts.

In stilistischer Hinsicht hat C. F. Meyer es seinen Lesern niemals durch eine einfache, realistische Sprache leicht gemacht. So auch hier. Häufung von Adjektiven und Alliterationen, elliptische Satzgefüge mit überraschendem Zeugma (sie »warf sich eilfertig in die Kleider [...] und dann auf die Knie«; man beachte überhaupt die Art und Weise, wie das Verb ›sich werfen‹ immer wieder eingesetzt wird) und Stilfiguren wie Hendiadys (»Dem Könige schien dieser Stil und dieser ›zuckende Blitz‹ nicht zu gefallen«) sowie die überdeutliche Todessymbolik können als typischer Meyer-Stil angesehen werden. Das gleiche gilt für die Beharrlichkeit, mit der der Autor auf Leitmotiven wie »Larve« und »Maske« oder auch auf der Kurzsichtigkeit des Königs besteht. In diesen Bereich gehören auch die zahlreichen Parallelverkleidungen: Der Vetter Leubelfing, ausgestattet mit dem Häubchen einer Dienerin; der Jesuit, der sich als protestantischer Hauslehrer tarnt; Wallenstein, für seinen Besuch bei Gustav Adolf als Hauptmann verkleidet; der Lauenburger bei Wallenstein; der ›Bursche‹ Ake Totts; und schließlich die häufigen Hinweise auf die Verpöntheit von Kleidertausch im schwedischen Lager. Das alles sind typische Elemente des Meyerschen Erzählstils, mit einer Tendenz zu betont literarisierter Sprachgebung und äußerst sorgfältiger Durchformung des Erzählstoffs.

Die formale Eigenart bestimmt zwar zum Teil den spezifischen Reiz dieser Novelle, darf aber nicht den Blick auf den inhaltlichen Charakter einer Doppeltragödie verstellen, in dem auch für den modernen Leser die eigentliche Anziehungskraft der Erzählung zu liegen scheint. Der Spannungsbogen der Handlung, von der heiteren, quicklebendigen Anfangsszene bis zu dem elegischen, vom Tode beherrschten Schlußbild, läßt auf tiefe innere Spannungen schließen, die mehr angedeutet als ausgeführt sind und deswegen auch dem heutigen Publikum immer wieder neue

Rezeptionsmöglichkeiten offen lassen. Daß sich dabei das Thema nicht auf den Begriff ›Opfertod‹ festlegen läßt, dürfte klar sein, davon ist auch im Text nirgends die Rede. Eher ließe sich von einer schicksalhaften Verbindung der Hauptpersonen sprechen, die beide, jede auf ihrem Niveau, gewollt-ungewollt dem unausweichlichen Ende entgegentreiben. Die erotische, wenn auch strikt platonisch bleibende Komponente ist in dieser Verbindung ein starkes Bindeglied. Allgegenwärtig steht »der Tod als mystischer Lebensbeweger« (Felix Emmel) im Mittelpunkt der Novelle. Ähnlich ist es im *Leiden eines Knaben*, welche Novelle im Jesuiten als »Wolf im Schafskleid« ein mit *Gustav Adolfs Page* gemeinsames Motiv aufweist. Auch dort die gleiche tragische Auswegslosigkeit aller Bemühungen, an deren Ende der sterbende Knabe Julian Boufflers nur im Fiebertraum seinem geliebten Monarchen dienen und für ihn fallen darf. Zu diesem traurigen Tod bildet das Sterben Leubelfings das positive Gegenstück, weil sich wenigstens dieser Traum erfüllt. Aber ansonsten überwiegt auch im *Pagen* ein fast zynisch anmutender Pessimismus. Die positiv gezeichneten Charaktere (Gust und Gustav Adolf, der letztere allerdings resignierend und unkämpferisch, keineswegs als strahlender Kriegsheld) scheitern, die Feiglinge und Verräter (die Herren Leubelfing und der Lauenburger) überleben. Ebenso schlagen alle guten Unternehmungen fehl, während die bösen gelingen. Der Tod kommt sinnlos (Korinna, Gustel Leubelfings Vater) und sogar als Vollstrecker des unausweichlichen Schicksals wie zufällig (für die beiden Hauptfiguren). Ein finsteres, zweideutiges Fatum steht über dem ganzen Geschehen, dem sich auch Gustav Adolf trotz seiner Gläubigkeit nicht entziehen kann (am Ende des Gesprächs mit Wallenstein). Leben und Tod, Heiterkeit und Tragik, Gottvertrauen und Fatalismus, zwischen diesen Polen bewegt sich die Novelle in subtiler und zugleich spannungsvoller Weise. Alles menschliche Bestreben ist eitel – der gutbarocke Vanitas-Gedanke hat durch C. F. Meyer im Jahre 1882 eine moderne Variante erhalten.

Conrad Ferdinand Meyer

IN RECLAMS UNIVERSAL-BIBLIOTHEK

Philipp Reclam jun. Stuttgart